Cartas desde el infierno

Biografía

Ramón Sampedro nació el 5 de enero de 1943 en Xuño, una pequeña aldea de la provincia de La Coruña. A los 22 años se embarcó en un mercante noruego en el que trabajó como mecánico. Con él recorrió cuarenta y nueve puertos de todo el mundo. Esta experiencia formó parte de sus mejores recuerdos. El 23 de agosto de 1968 cayó en el agua desde una roca. La marea había bajado. El choque de la cabeza contra la arena le produjo la fractura de la séptima vértebra cervical. Durante treinta años vivió su tetraplejía soñando con la libertad a través de la muerte. Su demanda jurídica llegó hasta el Tribunal de Derechos Humanos de Estrasburgo sin que llegase a prosperar. En los medios de comunicación reivindicó su derecho a una muerte digna y en enero de 1998, en secreto y probablemente asistido por una mano amiga, consiguió su propósito.

Ramón Sampedro
Cartas desde el infierno

Prólogo de Alejandro Amenábar

 Planeta

Sampedro, Ramón
    Cartas desde el infierno.- 1ª ed. – Buenos Aires : Booket,
Grupo Planeta, 2005.
    304 p. ; 20x13 cm.

    ISBN 987-1144-98-9

    1. Narrativa Española I. Título
    CDD E863

© Herederos de Ramón Sampedro Cameán, 1996 y 2004
© del prólogo, Alejandro Amenábar Cantos, 2004
© Sociedad General de Cine, S. A. e Himenóptero, S. L., 2004
© Editorial Planeta, S. A., 2005
Avinguda Diagonal, 662, 6.ª planta. 08034 Barcelona (España)

Diseño de la cubierta: Hans Geel
Ilustración de la cubierta: Archivo Editorial Planeta
Primera edición en Colección Booket: octubre de 2004
ISBN: 84-08-05632-8

© 2005, Grupo Editorial Planeta S.A.I.C. / Booket
Independencia 1668, C 1100 ABQ, Buenos Aires
www.editorialplaneta.com.ar

1ª edición argentina del sello Booket: febrero de 2005

ISBN 987-1144-98-9

Impreso en Grafinor S. A.,
Lamadrid 1576, Villa Ballester,
en el mes de febrero de 2005.

Hecho el depósito que prevé la ley 11.723
Impreso en la Argentina

Índice

PRÓLOGO DE ALEJANDRO AMENÁBAR

Este libro no es, en el sentido estricto, la base litera-
ria o dramática de lo que luego sería la película **Mar**
Adentro. *En realidad, es mucho más que eso. Es el*
complemento intelectual y poético, el pilar filosófico
que dio pie y sentido a todo nuestro trabajo posterior.
Tras más de veinte años de reflexión, de lecturas, con-
versaciones y escritos, Ramón decidió publicar estas
Cartas con un objetivo muy claro: hacer valer su in-
dividualidad y su libertad.

Pero al mismo tiempo, Ramón consigue situar-
nos frente al abismo de la muerte, colocarnos junto
a esa línea divisoria, la que separa este mundo del
«otro», quizá, la nada. Y nos dice: «Dejadme cruzar
la línea, dejadme saltar.» Yo, personalmente, no he es-
tado nunca demasiado cerca del abismo —a los doce
años, quizá, cuando caí por una pequeña cascada
y, como Ramón, estuve a punto de partirme el cue-
llo— pero creo que, a poco que caminamos por el
mundo, tenemos que enfrentarnos más tarde o más
temprano a eso que, inconscientemente, acabamos
apartando de nuestros pensamientos. Ramón nos ayu-
da, es más, nos anima a reflexionar sobre ello, sin
miedo, porque para él la muerte no es más que una
parte del proceso natural de la vida. Su prosa en este
aspecto resulta contundente. Otras veces, cuando se
detiene a describir su propia situación, se vuelve amar-

7

ga, dolorosa. Pero siempre hay en todo un fondo escrupulosamente racional, la razón de su conciencia, un afán por debatir y argumentar sin dejar cabos sueltos. Y para los que aun así piensan que su discurso es injustificable, Ramón exige en última instancia la no intromisión, harto de sufrir el prejuicio, la compasión, el paternalismo o directamente la descalificación.

Junto a esta racionalidad, los poemas de Ramón descubren su enorme sensibilidad, sumergiéndonos en un mundo de imágenes —el mar, la ventana—, de sueños, sentimientos... En estas páginas se encuentra en estado puro el universo que inspiró, aparte del título, muchas de las secuencias de Mar Adentro. Aunque este aspecto, el metafórico y lírico, fue fundamental para plantear la película, lo cierto es que no nos habríamos decidido de no haber conocido al Ramón íntimo, el que recuerdan sus allegados como eternamente sonriente, bromista constante, seductor nato... En definitiva, y aunque suene a contradicción, una persona profundamente vital. No tuve el privilegio de conocerle pero, de alguna manera, siento que algo de él forma ya parte de mí.

Agradezco muy sinceramente a la familia Sampedro por abrirnos sus puertas y mantener vivo el legado de Ramón. Durante muchos años, ellos fueron un ejemplo de entrega y amor desinteresado.

A cambio, me gusta pensar que Ramón les regaló este libro.

ALEJANDRO AMENÁBAR

DEDICATORIA

Con todo mi afecto y gratitud, dedico este libro a Manuela, mi cuñada. Ella es verdaderamente la maestra ejemplar en humanidades. En su corazón no hay lugar para la intolerancia y la mezquindad porque ella es la generosidad y el respeto.

A la memoria de mi madre, que no tuvo la oportunidad de hacer de diosa.

A mi padre, que junto con mi hermano y sobrinos hicieron algo más soportables los rigores del infierno.

Al recuerdo de James Haig, tetrapléjico británico que, después de muchas y humillantes súplicas, tuvo que quemarse vivo porque la justicia le negó el derecho y la libertad para morir de un modo más humano.

A mi querida amiga y escritora Laura Palmés, sin cuyos persuasivos consejos y ayuda este libro nunca habría tomado forma.

RAMÓN SAMPEDRO

PRÓLOGO PARA «CARTAS DESDE EL INFIERNO»

El día 23 de agosto de 1968 me fracturé el cuello al zambullirme en una playa y tocar con la cabeza en la arena del fondo. Desde ese día soy una cabeza viva y un cuerpo muerto. Se podría decir que soy el espíritu parlante de un muerto.

Si hubiese sido un animal, habría recibido un trato acorde con los sentimientos humanos más nobles. Me habrían rematado porque les habría parecido inhumano dejarme en ese estado para el resto de la vida. ¡A veces es mala suerte ser un mono degenerado!

Dicen los técnicos de la medicina, y se lo confirman los políticos, jueces, juristas y demás castas asociadas para formar el inhumano estado del derecho y bienestar —sería más coherente llamarle del revés y del malestar—, que un tetrapléjico es un enfermo crónico.

Si se utilizase el lenguaje con precisión, sería menos engañoso afirmar que un tetrapléjico es un muerto crónico.

¡No me gusta hacer el papel de muerto crónico en esta comedia del vivir para sobrevivir en función de la picaresca del lenguaje técnico!

Considero que un tetrapléjico es un muerto crónico que tiene su residencia en el infierno. Allí —con el fin de evitar la locura— hay quien se entretiene pintando, rezando, leyendo, respirando o haciendo algo por los demás. ¡Hay gustos para todo! Yo me he dedicado a escribir cartas. Cartas desde el infierno.

Que nadie busque una línea metódica en esos escritos. Todos son como variaciones sobre un mismo tema. Una idea sola. Una sola pasión.

Me interesan, sobre todo, la libertad del ser humano y todo cuanto gire alrededor de la vida, el amor y la muerte. Así como los tres sentidos que psicológicamente determinan nuestra existencia, las creencias, el pensamiento y la conducta: el placer, el dolor y el temor.

El día que la ciencia dio por imposible curarme la parálisis, pensé, con la desesperación del animal atrapado en la trampa infernal de algún cruel y despiadado cazador, en la bondad de la muerte. ¡La caridad bien entendida comienza por uno mismo! Pero este principio moral parece que sólo lo entienden los políticos, jueces, religiosos, médicos, cuando se trata de aumentar sus salarios para cobrar el bien que hacen por la humanidad.

Al principio, sólo piensas en liberarte. Sólo hay dos alternativas: convertirte en un ser absurdo, ser lo que no deseas ser, un habitante del infierno; o ser coherente con la utopía de la vida. Liberarse del dolor, buscar el placer a través de la muerte. Me decidí por la liberación, no como lo negativo sino como lo positivo: buscar algo mejor.

Lo primero que expresaron mis padres cuando les dije que deseaba la muerte fue que ellos me preferían así a perderme para siempre. No hay forma de escapar, la gente no quiere tocar el tema. La ley prohíbe. Y el «¡yo no soy capaz de prestarte la ayuda que me pides!» prevalece como la voluntad de una ley invisible sobre la personal.

Ésa fue la primera vez que me encontré con el muro impenetrable del paternalismo bienintencionado. No quiero decir que mis padres, familiares y *amigos no sientan lo que afirman, lo que digo es que no tienen el derecho de que prevalezca su deseo y voluntad sobre los míos.*

A principios de 1990, consigo la colaboración para una eutanasia discreta. Pero, ante la evidencia, sale a relucir el autoritarismo. Entonces, ya no es: «¡yo no puedo!», «¡a mí no me lo pidas!», sino: «¡yo no quiero!», «¡yo prohíbo!»

Acudí entonces a los jueces y sucedió otro tanto: «yo no soy competente», o la falta de forma. Al final, el insulto de los dogmáticos fundamentalistas de la creencia ciega en el sufrimiento purificador: ¡Cobarde, si quieres morirte muérete, pero déjanos en paz y no ofendas a Dios!

Parece que nunca se les ocurrió pensar que ellos son el fracaso de la razón, y no yo.

En abril de 1993 tomé la determinación de reclamar la eutanasia como un derecho personal. Nunca me había imaginado tanto terror y supersticiones ocultas. Parece como si se hubiesen conjurado todos los necios de la tierra para hacerme desistir de seguir por ese camino. Según ellos, voy errado.

No me guía otro interés que el de mostrar que la intolerancia del Estado y la religión son como una idea fija. Son los enemigos naturales de la vida y los responsables de la destrucción del hombre como individuo.

Dice uno de sus colaboradores: esto es nuestro fracaso, no supimos darle motivos para vivir. Unos se sienten ofendidos porque rechazas el ofrecimiento de la protección de su dios. Los otros, porque les desprecias sus paliativas e inútiles ciencias.

Después de haber oído cosas tan absurdas como las siguientes, sólo nos queda escribir Cartas desde el infierno.

¿Quieres sanarte?, pregunta uno.

Claro que sí, respondo.

Pues ruégale a Dios, que si lo haces de verdad te sanará.

Pero, si Dios ya sabe que lo deseo de verdad, ¿por qué tengo que pedírselo?

Yo te aprecio mucho, dice alguien. ¿Me crees?

Sí, ¿y qué tiene que ver que me aprecies mucho o muchísimo, y yo también a ti, si eso no cambia la realidad?

Tú renuncias a vivir. Eres negativo, destructivo, asegura el sabihondo.

Esta mentalidad entre dominante y lacayuna resulta tan ridícula que sólo a un ser absolutamente degenerado puede resultarle natural ese comportamiento humillante.

¡Si no fuese por vuestras taras, no seríais lo mismo!

¿Serías tú lo mismo si no fueses tetrapléjico?

¿Habrías reflexionado sobre las mismas cosas?

Claro que no, el individuo es siempre él y su circunstancia. Pero si necesitas la visión, o vivencia, del horror para elevarte y crecer espiritualmente, humanizarte y ser ética y moralmente superior, mírate a ti mismo. Tú puedes estar incapacitado para amar, pero no justifiques por ello el horror de los demás. ¡Para entender el dolor no es necesario vivirlo!

¡Sólo a una garrapata se le ocurrirá decir que el deber de su perro es sufrir!

El autoengaño del ser humano ante la muerte lo ha llevado a tal sinrazón que la niega racionalmente. No se le enseña el sentido de la muerte. Y la estrategia dominante de los maestros se ha convertido en una forma de cultura parasitaria.

Está bien que alguien no quiera oír hablar de la muerte, pero hacer creer que la persona, o personas, que piden el derecho a decidir el final de sus vidas, lo que en realidad están pidiendo es que les demuestren cariño, sólo pone de manifiesto que son

los maestros del engaño los que se están engañando
a sí mismos. Lo que éticamente cabría hacer sería
concederle a cada persona la libertad que reclama.
Es decir: pedid y se os dará. Si llevan a cabo lo que
dicen desear, no hay autoengaño, y si no lo hacen,
sí. Ésta sería la única forma de no manipular la
verdad. De no crear infiernos desde donde la única
libertad que nos queda es la de escribir cartas, que
pueden ser dramáticas y aterradoras u optimistas y
de autoengaño. Y así el condenado se distrae pen-
sando que en el infierno, a pesar de todo, no se pasa
tan mal.

RAMÓN SAMPEDRO CAMEÁN

Primera parte

Había mar de fondo. Hacía resaca en la costa. Estaba de pie al borde del pozo natural que formaban las rocas de la playa. Ensimismado, pensaba en el compromiso de la noche. La chica me iba a presentar a sus padres. Creo que me estaba entrando el temor a la idea del compromiso matrimonial. Sin saber cómo me vi cayendo hacia el agua. No me había lanzado voluntariamente. Cuando iba por el aire me di cuenta que la resaca había retirado casi toda el agua. No había remedio. En la vida jamás se puede volver atrás. Choqué con el mar. Toqué con las dos manos la arena del fondo, pero no bastó la reacción para frenar la inercia. Vi la arena. No era posible evitar el choque de la cabeza. Con el ángulo que llevaba de entrada en el agua, lo lógico era tocar con la cara, pero un reflejo instintivo me hizo inclinar la cabeza hacia delante. La cabeza pegó en la arena. El cuerpo quiso dar el tumbo, pero la presión del agua lo impidió. Sonó un chasquido, como el romperse de unas ramas al pisarlas. Como un pequeño y desagradable calambre recorrió mi espina dorsal y el cuerpo entero. A continuación, nada. Se había cortado para siempre la comunicación entre mi cerebro y su cuerpo. Me acababa de fracturar la espina cervical por la séptima vértebra.

Después del choque me quedé en el fondo,

como un muñeco de trapo. Los brazos y las piernas colgaban hacia abajo. El cuerpo comenzó a ascender hacia la superficie. Despacio, muy despacio. Yo intentaba moverlos, pero ellos seguían inermes, como si nunca me hubiesen pertenecido.

Mi cuerpo alcanzó la superficie. Cesó todo movimiento. Sólo me quedaba el pensamiento, que se movía por un espacio infinito y en blanco. Mis ojos miraban la arena. Se me pasó por la cabeza la imagen del cielo azul, claro y limpio.

Llevaba manteniendo la respiración desde el instante que me había caído al agua. Empecé a pensar que iba a ahogarme. Pasaban los segundos. Era como si el tiempo se deslizase con celeridad y el pensamiento quisiera llevarse grabado en la memoria, antes de morir, la historia del tiempo vivido.

Dicen, a veces, que cuando las personas sienten que van a morir les pasa por la cabeza como una película a gran velocidad todo lo acontecido, todo aquello que les ha marcado para siempre. Ésta fue, desde entonces, la frase que definió lo que estaba por llegar: para siempre.

Yo era marino mercante y las primeras imágenes que llenaron mis recuerdos fueron las de los puertos que había recorrido. Y la figura que destacaba por encima de todas ellas era la de la mujer que había penetrado, que me había poseído y que nunca más, nunca más, formaría parte de mi historia, o quizá sí, pero tomando el cuerpo etéreo de que están hechos los recuerdos.

Entre tocar el fondo y llegar a la superficie pasaron treinta segundos. Y un minuto y medio fue el tiempo que transcurrió en la superficie expulsando lenta, muy lentamente, el aire acumulado en los pulmones. En aquel instante —yo no lo sabía, pero dicen que la persona que se ahoga, después de expulsar todo el aire de los pulmones, tiene una muerte instantánea, muy dulce—, si hubiese intuido la vida que me esperaba, habría inspirado la tantas veces acariciada agua de la mar.

Y de repente aparecieron los puertos de Holanda, Maracaibo, Nueva York, y se fundieron, dolorosamente, las mujeres que había amado, y surgieron los recuerdos de mi infancia. Aquellos que habían contribuido a hacerme hombre. ¿Hombre? —me pregunto ahora, pero ahora han pasado veintisiete años—. Aparecieron los verdes de mi tierra, las vaquiñas mansas, el rostro tan dulce de mi madre, la autoridad paterna y la ternura de mi tía y de mi abuela. Recordé su paciencia, sus caricias, y también apareció el rostro de aquel profesor que en la escuela nos pegaba.

No hay palabras para definir todas las imágenes que recorrieron mi mente en aquel minuto y medio. Es como si la facultad de recordar saliese del cuerpo, anduviera sobrevolando todos los lugares amados: el prado, el río, la gente, la niña con la que jugabas entre el maizal, el recodo del río donde te bañabas desnudo. Tal vez fuese el deseo del hombre de toparse de nuevo, de poder sentir y tocar la naturaleza. No sé a qué se deberá esa extraña sensación, quizá al deseo de la materia de volver siempre al principio.

De repente noté que alguien sujetaba mis cabellos y me levantaba la cabeza para preguntarme:

—¿Qué te pasa?

Se llamaba Manuel.

—No sé, sácame de aquí —respondí.

Cuando me sacaron del agua mi primera sensación fue la de que mi cabeza pesaba enormemente. No entendía nada. Me tumbaron boca arriba y contemplaba el cielo azul que antes se me había

pasado por los recuerdos. Nita de Vilas me pelliz-
caba las piernas y las manos, y me preguntaba:

—¿No sientes nada?

Ésa fue la primera vez que comencé a ver a los
seres humanos desde abajo. Me metieron en un
coche y me llevaron al circuito médico y continué
viendo como fantasmas las caras de las personas.
Desde abajo. Desde la camilla. Desde la cama. Ahí
es donde empecé a contemplar el mundo desde el
infierno. Parece que siempre veía a la gente allá
arriba... Uno quiere levantarse, ponerse a su altura, en el lugar que había abandonado unas horas
antes. Y tomas conciencia de que eso nunca jamás podrá ser.

Después de tres meses de deambular por entre
los vericuetos de la ciencia, buscando el equilibrio
perdido, pasa el tiempo y tomas conciencia de
que no puedes encontrarlo. Nunca jamás. Ni puedes morirte, ni volver atrás.

¿Y CÓMO HABLO DE AMOR
SI ESTOY MUERTO?

¿Y cómo hablo de amor si estoy muerto?
Si los muertos no tenemos pasiones,
ni de humanos afectos sentimientos
sólo somos de los vivos el espanto.

Todo es incoherencia y contradicción
para un muerto entre los mortales.
No lo excitan la luna, ni la flor, ni la hembra,
porque no tiene carne para reproducirse.

¿Hay cosa más absurda que escuchar a un cadáver
hablar apasionadamente como un humano,
si no puede sentir ni el calor ni el frío
ni el placer ni el dolor o el llanto?

Es horrible ser un muerto entre los humanos.
Ser el muñeco con quien representan una parodia
    absurda
los psicópatas esquizofrénicos vivos
que disfrutan con la visión de un cadáver
    putrefacto.

Embadurnado de excrementos, babas y locura
al que con asco y saña, impertinentes, siguen
    limpiando.
Y pide liberarse, el cadáver, de entre los vivos locos,
pero éstos no entienden los silenciosos gritos de
    los muertos.

Y con patético ensañamiento lo siguen animando:
cuenta, muerto, tu historia de lo que estás pasando;
parece que eres uno de nosotros, los vivos,
aún aparentas algo de ser humano.

En vano les digo, ¡que no!, ¡que estoy muerto!,
que ya no puedo hablar igual que ellos
porque me resulta absurdo hablar igual que los
    humanos.
Y no me dejan ser ni muerto ni vivo
estos locos y alucinados desquiciados.

Querida Martha:

He leído la carta que has enviado a DMD —España—, en la que expresas tu voluntad de liberar a la vida del mal, del sufrimiento del dolor, como tú dices, matando el cáncer el día 24 de septiembre.

Me ha conmovido tu sereno y ejemplar testimonio de cómo la razón debe imponerse a lo absurdo.

Creo que uno de los graves errores del cristianismo es no saber, o no querer, darle otro sentido a la muerte, a esa muerte a la que nos referimos todos los que hablamos de la eutanasia, considerada como un bien, la que tiene como único fin liberar a la vida del dolor sin sentido racional.

Yo me considero agnóstico. Pero entiendo que si la utopía de todo ser viviente es conseguir liberarse del dolor, entre ellos el humano, ésa tiene que ser la utopía o voluntad del hipotético ser creador.

El mal que los cristianos ven en la eutanasia es, si no falso, erróneo, pues el mal no está en el acto en sí, sino en la intención. Los mismos cristianos esperan que venga un liberador a exterminar el mal de la faz de la tierra, cuando debería entenderse que es el deber moral de los hombres hacerlo.

Se suele argumentar que el sufrimiento purifica al hombre. ¡Ésa sería la idea de cualquier buen tirano!

Si el ser que tiene conciencia ética necesita experimentar el dolor en su propio cuerpo, verlo en un ser querido o en cualquier ser viviente para humanizarse, es porque está incapacitado para amar —o lo han incapacitado unas costumbres culturales insensibles ante el sufrimiento porque errónea, o astutamente, se da por supuesto que es lícito explotarlo para el bienestar de los dominantes, poderosos, o más fuertes—. De ahí es lógico derivar a una aberrante interpretación de que el todopoderoso creador de la vida pueda enfadarse y castigar a quien se le ocurra renunciar a la vida para renunciar al sufrimiento.

Pienso que sólo la conciencia ética de una razón pura puede liberar a la persona —y con ella a la vida— de lo absurdo.

Cristo enseñó muchas cosas, entre ellas a liberarse del temor al dolor y a la muerte, y a no dejarse intimidar por las amenazas del poderoso, ya que esos dos temores no racionalizados culturalmente son el arma más eficaz de la que se valen los tiranos de todo tipo para dominar.

El día 23-8-1968 me fracturé el cuello —c7— al lanzarme al agua en una playa para bañarme. Después de salir del hospital, convertido en un tetrapléjico para el resto de mi vida, algo me decía que ése era mi tiempo de morir.

Siempre pensé —y pienso— que después de la muerte hay otro equilibrio. Nada en el universo es caótico, todo es armónico, puro equilibrio. La materia vuelve siempre al equilibrio, o a un equilibrio: después de la primera explosión cósmica, retorna el equilibrio. Después del orgasmo, el equilibrio. Después de la muerte, el equilibrio. Y pienso que el mismo acto de renunciar a la vida para destruir al dolor destruyendo la causa, como tú dices, matando al cáncer, si te liberas de todo temor, si crees verdaderamente en esa lógica universal, ese tránsito, o trasmutación material, tiene que resultar placentero. Lo que falla es el método racional humano y humanizado de llevarlo a cabo, es decir, vencer al temor, tener la certeza de que no habrá sufrimiento en ese instante de soltar las amarras de la vida. Creo que eso es lo que realmente atemoriza a los apologistas del sufrimiento como un deber moral, por eso reprimen esa libertad. Si el individuo-persona se libera del temor al dolor y a la muerte, podría ser indomesticable. ¡Antes morir que ser esclavo de ningún sufrimiento injusto!

Después del hospital, regresé a casa de mis padres.

Al cabo de los años, conseguí el modo de llevar a cabo mi deseo de morir de esa forma racional y humana —eutanásica—, pero una persona de mi entorno familiar se niega a colaborar de ningún modo, y además amenaza con denunciar el caso a la justicia.

Harto de condescender con tanta hipocresía y mezquindad, decidí llevar el caso ante esos tribunales de justicia para que me respondiesen si debe ser castigada la persona que me preste ayuda. Me lo rechazaron por un defecto de forma, tanto en España como en el Tribunal de Derechos Humanos. Ahora está de nuevo en el juzgado de primera instancia de La Coruña —ése era el defecto formal: que la demanda había sido presentada en Barcelona en lugar de La Coruña.

Espero que en el plazo de un año, más o menos, haya una sentencia definitiva del Tribunal

Supremo o Constitucional. Después de este proceso kafkiano, tanto si la sentencia es positiva como negativa, espero que nos encontremos, no sé cómo o dónde, y se repita como se repite por aquí tan a menudo: ¿De qué nos conocemos? ¿Dónde nos hemos visto antes?

Aunque, para mí, primero tendrán que dar la cara los juzgadores y responsables de denegar legalmente la libertad y el derecho a la única muerte que, como consecuencia de un acto de la razón humana, puede considerarse ética y moralmente justificable. Si el fallo fuese favorable, habrá triunfado la razón. Si triunfase la razón en este país mío, cada ciudadano que en él habita tendría el privilegio de elegir, como tú, su tiempo de amar, vivir y morir. Hablar de que existe un tiempo para todo bajo el sol, sin que la razón pueda actuar éticamente en cada caso, convertiría al racional en un absurdo. Si fuese negativa, será el fracaso de la razón, y también una condena formal y moral a una muerte por inanición como sutilmente me sugieren ciertos pastores y muchos corderos. Según estos «apóstoles» del bien, ésa es la forma más ética porque no compromete a nadie. No hacerlo así, dicen, es de cobardes. Como puedes ver, a dios no le importa —según sus intermediarios— que uno se muera de inanición, pero sí con unas cuantas pastillas.

Morir es siempre renacer, querida Martha, sólo los necios no se lo creen.

Sólo el criminal teme a su conciencia.

Solamente el malvado y el necio temen al infierno...

Ya que la razón ha triunfado en tu país, o has tenido la fortuna de haber ido a parar a un lugar bajo el sol donde la razón se ha impuesto a la superstición, te felicito y te deseo un buen viaje hacia el cielo.

¡Siempre está el cielo después de la muerte para los que han amado la vida! Espero que nos encontremos al doblar alguna esquina del universo.

Cuando la semilla de la liberación nace en la conciencia del ser humano, toda fuerza opositora, todo sofisma o fundamentalismo fanático y represor que se oponga a que germine y fructifique es sufrimiento y dolor que se va acumulando sobre la tierra como la gestación de un monstruo que parirá inexorablemente un apocalipsis. Quienes, en nombre del conocimiento y de la ciencia, ocultan criminalmente esta constante histórica evolutiva, son unos malvados porque asesinan la esperanza. Y, si no pueden o no quieren verlo, son unos necios irresponsables.

La semilla de su autoliberación ha nacido en la conciencia del individuo, ya forma parte de lo eterno, nunca se podrá detener.

Un cariñoso y fraternal abrazo.

ENSUEÑO DE UN PIRATA

Su cara representa el universo: mientras me habla, contemplo el cielo. Ensimismado, convierto su cabello en nube. En lucero sus ojos. Su palabra en viento.

Cuando aspira el vital oxígeno, me transformo en átomo, para poder llegar hasta su misterio.

Penetro en su sangre y dejo en cada glóbulo un verso que dice: «Yo también estoy enamorado del amor, y lo firmo con un beso.»

Recorro una tras de otra todas sus neuronas paridas de ácido desoxirribonucleico vibrando anhelantes con cada impulso eléctrico, más fuerte cuando pronuncia las palabras hijo, amor, ternura, eros, eros, eros.

He sido un pirata por unos instantes. Un intruso violador de los más recónditos y hermosos secretos. Sólo hallé tormentas en su corazón. Deseo y pasión en cada latido... big-bang... la memoria, el reflejo, del principio y del fin de todo universo.

En un alveolo me quedé dormido. ¡De repente, un trueno penetra en mi oído!

¿Qué pasa, por qué no me hablas?

Por nada, por nada. Estaba distraído.

¡Mentira! Estaba pensando que soy un pirata por haber viajado por mares prohibidos. Estaba pensando: Cuánto duele ser humano y hombre y escuchar a una mujer decir que, para ella, amar a los hombres fue un tiempo perdido.

Querida sirenita, sonríe y piensa: el pasado no existe, tampoco la muerte, y si crees que el amor perdura, en el futuro está la buena suerte.

Querida Aurora:

He recibido tu abrazo y el diálogo que lo acompañaba dentro de la carta que me enviaste desde Tortosa. Me son gratos, tanto el simbólico abrazo como el real y sugerente diálogo sobre el equilibrio del individuo.

¿Qué deseo?

El placer.

¿Qué no deseo?

El dolor.

Abrazo y diálogo son el ideal de los amantes, y por tanto el del amor y la vida. Su deseo sería dialogar eternamente abrazados, pero el equilibrio exige separarse de vez en cuando para recuperar energías; trabajar para alimentarse, vestirse y refugiarse, porque si no fuese así se morirían de hambre y de amor —de placer— mientras buscan el sentido de su existencia. Es decir, para mantener el estado placentero es necesario cierto grado de esfuerzo desagradable —de dolor.

Me decías, cuando te leí la carta para M. A., que yo me refería a los grandes equilibrios. Dabas a entender —o así lo entendí— que es más importante para el ser humano el equilibrio de su universo personal, espiritual, psicológico: los pequeños equilibrios.

Si formamos parte del todo, el todo y la nada deben ser lo mismo, y participar del mismo abrazo. Si el universo abraza a las galaxias, las galaxias a sus estrellas, el sol a nuestra tierra, nuestra tierra a los seres vivos, el ser vivo a sus propios átomos y el átomo a sus electrones, todo se abraza, o mantiene el equilibrio por medio de unos brazos invisibles de la gravedad, o relatividad, de una ley inexorable que, por ahora, sólo podemos deducir según los datos que poseemos. ¡Confiar o no depende mucho de los maestros!

No hay grandes ni pequeños equilibrios, todo es uno.

El psicológico está regido —y debe estar relacionado con todo— por esas tres leyes: placer, dolor y temor. El temor sería como una gravedad que mantiene el equilibrio de la vida con su protector abrazo.

Siempre nos abrazamos, o nos abrazan, tanto física como psicológicamente, ante un dolor real o posible —también como muestra afectiva, claro—: el niño a sus padres, los padres a un padre superior. Con respecto a la eutanasia, creo que éste es el dilema que las castas dominantes no quieren, o no saben resolver, tanto jurídica como moralmente por causa de un inmaduro paternalismo protector de la vida.

El fin del crecimiento psicológico, racional, espiritual, ético, moral, no es buscar un protector al que abrazarnos para que nos libere del temor, el fin es liberarnos del temor para liberarnos del dolor.

¿Cómo liberarnos del temor?

El sufrimiento nos da la pauta a seguir por una razón ética. Todo sufrimiento provoca una especie de salto psicológico hacia delante... ¡No quiero el dolor!

Pero hay sufrimientos lógicos, y hay sufrimientos absurdos. Sólo en lo irremediable el salto es verdad, el deseo es verdadero. No es error.

Volviendo a la lógica ley de los grandes equilibrios, si la tierra o un planeta cualquiera se·sale de su órbita, no se pierde ni se destruye, perderá su forma pero encontrará otra forma de equilibrio. El planeta se dejará llevar por la ley del universo. Chocará con algún otro cuerpo que lo absorberá o se desintegrará, pero se entregará sin temor al juego de la vida. No se resiste a la ley. ¡A la lógica!

¿Por qué la razón sí?

Por un interesado y erróneo cultivo del temor.

Cuando el ser humano pierde el equilibrio, rompiéndose el cuello por ejemplo, lo primero que desea es recuperarlo. Lo mismo sucede con cualquier enfermedad en su proceso irreversible hacia la desintegración material del cuerpo, la muerte.

Pero el deseo de recuperar el equilibrio es irrealizable. Nuestro raciocinio lo confirma. Sin embargo el deseo es puro, no engaña. ¡Si no queremos eso, obviamente, deseamos lo otro! Aquí es donde la conciencia tiene —más que el derecho— la obligación de decidirse por el bien o el mal, el libre albedrío, la libertad.

Y como regresar atrás no es posible, sólo queda trascender, soltarse del abrazo con que el temor nos tiene atrapados, dejarse llevar por el deseo de no sufrir. La razón se impone así al instinto, al deseo de abrazarnos desesperadamente a una madre-vida que nos quiere mucho pero que no puede liberarnos del sufrimiento que nos afecta. ¡Es amoral! Sólo es la voluntad personal la que puede liberarnos soltándonos de ese asidero instintivo y dejándonos llevar por la corriente del río de la vida, por la ley de la muerte racional.

Hasta aquí, es una forma de explicar una lógica intuitiva más que racional.

En lo que respecta a mi equilibrio personal dentro de lo absurdo, como tú bien dices, sólo podré hacértelo comprender —espero— con el símil del animal domesticado.

Para domesticar a un animal, es decir, someterlo psicológicamente a la voluntad del humano, se le atemoriza demostrándole que puedes vencerlo físicamente o/y que puedes matarlo de hambre o sed, en definitiva, que puedes causarle dolor si no obedece. ¡O se resigna o lo destruyen!

Por terror, el animal acaba entregándose a un amo. También se le puede seducir afectivamente, claro, pero ése es otro tema.

Después del accidente, y con el diagnóstico de los técnicos confirmando la imposibilidad científica de devolverme el equilibrio entre cerebro y cuerpo —ese dualismo que armoniza deseo y voluntad—, lo primero que pensé fue que era mejor la muerte. Es decir, no al dolor absurdo, sí a otro equilibrio.

El técnico triunfador, psicoamaestrado por su casta para negar su ignorancia, dirá que pasé por las diferentes etapas de la negación, tregua, negociación, aceptación. Sólo se escuchan e interpretan a sí mismos.

Cuando me negué a perder el pudor y la dignidad, me vi dando manotazos como un animal al que tratan de domesticar.

¿Qué quiero decir con «manotazos»?

Un día mi madre me dijo: «Yo no soy la culpable.»

Cierto, pensé, resultaría absurdo que pagasen inocentes por culpables. Dejé de dar manotazos para evitar la locura; se podría decir que les entregué mi cuerpo a los domadores. Pero nunca les entregaré mi conciencia. Nunca me harán creer con sus fundamentos de derecho que proteger la vida humana en contra de la voluntad personal es un acto noble, racional, humano, justo y bueno. ¡Y no es porque no trate de entenderlos, es porque cuanto más conozco, más absurdas me resultan sus razones!

Cuando estos domesticadores profesionales califican de trastornada a cualquier persona que se niega a aceptar la realidad del deterioro físico o psíquico irreversible, ellos mismos se están contradiciendo, ya que esa misma acusación podría hacérsela a ellos, pues médicos, juristas, teólogos, filósofos y legisladores contrarios a la eutanasia se niegan a aceptar que la práctica de la medicina tiene que llevar consecuentemente a la implantación de un nuevo derecho: el de la persona a renunciar a ciertos estados de decrepitud humillante que se prolongan artificialmente como consecuencia de un erróneo concepto de lo que proteger —la vida— significa.

Los mismos que hablan de protección se niegan a aceptar que están imponiendo aquello que no desean para sí mismos; es decir, no aceptan su incoherencia o su ignorancia. Se niegan a aceptar su fracaso.

Mi equilibrio —si lo es— consiste en saber que se puede sobrevivir domesticado en el infierno, pero sin olvidarme jamás de que es absurdo permanecer en él.

Como digo en un párrafo de la carta a M. A., lo que falla es el medio de liberarse. Eso es lo que demando de los supuestos protectores de la vida, pero ellos siguen empeñados en negar la evidencia de la sinrazón y en demostrar que en realidad deseo otras cosas. O que la vida es una cosa abstracta, es decir, que el individuo no existe. Lo paradójico es que eso lo fundamentan unos seres humanos que se consideran a sí mismos sabios.

En fin, tratan de negar la superioridad de la razón sobre el instinto y la creencia. Y para confirmarlo aseguran que quien desea morirse de verdad, puede hacerlo de hambre y de sed, por ejemplo. Al parecer, esa irresponsabilidad psicológica, esa idea simplista, les está dando buen resultado, pues más de un amigo ya se ha sumado a ella.

No importa; trataré de mantener el equilibrio mientras mis temerosos e inmaduros protectores filosofan gravemente sobre la moralidad o inmoralidad, o de la conveniencia de soltarme del abrazo de sus brazos jurídicos, teológicos, deontológicos o demagógicos.

¡Espero aguantar hasta que decidan tan peliaguda cuestión!

Un abrazo.

EQUILIBRIO

Siento que soy tú, y quiero en este instante
que se pare el tiempo
para que lo hermoso tenga eternidad
ahora que mi deseo es igual al tuyo,
ahora que amor, vida y muerte son pura verdad,
ahora que todo es placer y el dolor no existe,
ahora que principio y fin son exactamente igual.
Ahora que mi deseo es igual al tuyo,
ahora que mi voluntad es tu voluntad.

ILUMINACIÓN

Tus senos son rosas cuyo aroma aspiro.
Olas, blanca espuma meciendo mis besos.
Rumor de caracolas susurrando en mi oído
la eterna afirmación que desvela el misterio.

Mientras mis labios vuelen
a posarse anhelantes sobre tus tibios pechos
como la mariposa anhelante persigue el dulce de
   la flor.
Mientras clame encendida de pasión tu materia,
   ¡quiero morirme ahora!,
el equilibrio existe porque entiendo el sentido del
   placer y el dolor.

Mujer, mientras tu nombre exista, el cielo está
   seguro
pues tú eres la certeza que derrota al dolor y al
   temor.
Mientras tu nombre exista, el cielo está seguro
porque estará seguro para siempre el amor.

LA PALOMITA ENJAULADA

Begoña Bóveda es una chica de veinticinco años
que lleva veinte en una silla de ruedas sufriendo
ataques epilépticos. Sueña eternamente con un no-
vio, espera.

Ay, Begoña, Begoñita,
palomita que se agita
clavadita en su sillita
como queriendo escapar
de su jaula —esa silla,
que la vida al parecer
se la clavó por la espalda
y allí la dejó sentada
veinticinco primaveras.

¡Hostia! ¡Mierda! —dice ella
cuando sus piernas se agitan,
pero lo dice bajito
como temiendo ofender
a un invisible fantasma
que se está burlando de ella.

¡Grita fuerte, Begoñita!
¡Hostia! ¡Mierda! ¡Hijo de puta!
¡Desclávame de este asiento
y no tires de esos hilos invisibles,
que no soy tu marioneta!

¡Grita, Begoñita, grita
para que te oigan los cielos!,
que alguien tendrá que pagar
semejantes atropellos.

«Begoñita», dicen ellos:
«donde hay gritos no hay poesía».
Porque no están como tú,
Begoñita, en los infiernos.

(Para Begoña Bóveda, mi compañera en el infierno.)

Querida Vilma:

Acabo de recibir tu enternecedora carta. No creo que la tolerancia sea un síntoma de debilidad en una persona. Creo más bien todo lo contrario. La tolerancia es una virtud reservada a los seres ética y moralmente superiores.

Ya sé que no tendré otra oportunidad de sentir ese dulce y misterioso entusiasmo que experimentan nuestros sentidos cuando nos acarician los ojos, los labios y todo el ser. Alguien que nos susurra tiernamente «te amo».

Sé que no volveré a tener otra oportunidad de oírle decir a la vida que me ama con todo el ser de una mujer. Sé que renuncio a disfrutar de tu compañía, generosidad y ternura. Tal vez cometa un acto de egoísmo al no acceder a una relación en la que todas las ventajas estarían de mi parte, y de la tuya sólo los inconvenientes. Ya sé: para ti es suficiente. Pero como ya te dije muchas veces, no lo es para mí. Es decir, o se cumplen tus deseos o los míos.

Hay en tu última carta un tono de reproche, pienso que contra el destino, pero que parece hacerme a mí también en algo responsable de tu tristeza. ¡No sabes cuánto lo siento!

¿Sabes, Vilma?, piensa que tú y yo estamos hablando porque nos conocimos a consecuencia de una determinada circunstancia. Es decir, si yo no hubiese planteado una demanda judicial nunca nos hubiésemos conocido.

Somos los seres humanos los que debemos marcar nuestro propio destino de acuerdo con la razón y no con la creencia y la superstición. Tú dices muy a menudo que el mundo es una mierda. No, lo que sucede es que los que hacen de maestros han convertido una gran verdad en una gran mentira. ¡Cuando el ser humano traiciona su conciencia todo se convierte en mierda!

Yo tomé un camino, y en una dirección concreta, es sólo esa meta la que deseo alcanzar y no otra. Si cambiase de idea demostraría que no había tenido en cuenta que lo que deseaba era encontrar el amor de una mujer en lugar de defender un principio que considero verdad universal.

Desde que tomé ese camino hay tanta gente empeñada en seducirme con toda clase de proposiciones, que tengo la sensación de que me han tomado por un niño al que hay que consolar, y cuando no hace caso lo insultan llamándolo caprichoso, soberbio, ignorante, cobarde. Sé que no encontraré una mujer que me quiera con ese amor leal, fiel y verdadero que tú me demuestras, pero nuestro encuentro fue debido a una circunstancia cuyo propósito tenía, desde antes de conocerte, prohibido modificar. Me entristece que tú también me hagas reproches y me digas que te alegras porque las cosas me salgan mal, es decir, que te pongas de parte de aquellos que yo considero responsables de la mentira universalmente propagada.

La vida, querida Vilma, tiene leyes muy precisas. Podemos hacer de niños mientras somos niños, pero cuando alcanzamos la madurez psicológica, sólo debemos hacer de hombres o de mujeres. Quiero decir que ningún hombre o mujer quiere verse reducido a la condición de tetrapléjico; un hombre o mujer, niño-a, al que mamá, o papá Estado, o familia, asea, mima y cuida con ternura.

La vida nunca da marcha atrás. Las personas que se dejan llevar y aceptan la condición de bebés, lo hacen porque no les enseñaron algo tan elemental como ir hacia delante. Quien se queda en un lugar que no le gusta, es obvio que le da miedo abandonarlo.

Tú siempre has ido hacia delante. Siempre has tomado aquellas decisiones que creíste debías tomar. A veces habrás sentido que acertaste y otras veces no.

Con respecto al hecho de dejarte llevar por un sentimiento de amor hacia mí, creo que nunca has hecho un análisis realmente serio de algo tan complejo. Ya sé, el amor no se puede razonar, o se ama o no se ama, como tú dices tan a menudo. Lo que pasa es que yo tengo la manía de buscarle a todo un por qué. Pienso que hay en toda mujer un instinto maternal superior a su raciocinio. Y por mucho que tú me asegures que me amas como a un hombre, yo nunca estaré seguro de cuánto habría de ese instinto maternal y cuánto de idealización de un hombre con una sensibilidad que siempre has deseado encontrar y no has podido, o no ha durado. Sí, claro, se puede decir: ¿y qué más da si eso es lo que yo quiero?

Como tú dices, siempre hay dos partes en el amor. No es que yo no te quiera, es que me niego a querer así. Mientras somos niños, es lógico que la mamá proteja al niño, pero cuando alcanzamos la edad de adultos, si te alegras porque no se cumpla mi voluntad, es porque así se cumple la tuya. Sé que me lo dices con la mejor intención de mostrarme tu afecto, pero debes reconocer que es una forma de amar bastante dudosa. Mientras el ser humano no acepte su propia muerte, y la de los demás, como un acto racional y de generosidad, no será un ser psicológica y humanamente formado.

Sí, Vilma, todos los días tengo un pensamiento de gratitud para ti, pero nunca diré que me alegro de estar vivo. Estar vivo para mí significa ser tetrapléjico. Pero tú dices: «Vive porque tu amor me hace sobrevivir.» Hay en tu deseo algo incoherente. Nuestra relación afectiva —en el caso de que se diese una relación así— tendría un sentido meramente espiritual o sentimental, es decir, tú necesitas sentirte útil y necesitada para sentirte viva. Yo podría representar el ideal de figura masculina que has idealizado, una sensibilidad que encaje como la otra mitad de la tuya femenina, una incógnita que complementa tu incógnita espiritual. Dime, Vilma, ¿para qué me necesitas físicamente? Al fin y al cabo, ¿qué más da que me tengas a tu lado o que me lleves en tu corazón como un recuerdo inmortal?

Me acusan muy a menudo de pensar sólo en mí mismo. Es posible, pero de lo mismo podría acusar yo a los demás. Dices que cuando se ama se da todo y se pide todo, y cuando esa entrega no es posible es mejor dejarlo.

También dices —creo— que el verdadero amor es aquel que lo da todo a cambio de nada. Pues démonos toda nuestra amistad sin pedirnos nada más a cambio. De este modo no nos haremos ningún reproche, porque el amor del amigo es el menos egoísta de todos.

Tú sabes, querida Vilma, que tienes en mi corazón un lugar muy especial, ése que nos hace esbozar una sonrisa cada vez que recuerdo tu nombre.

¡Gracias por tu fidelidad, AMIGA!

AMADA MAR

Amada mía:

Tu calma serena y tranquila me embelesa cuando la luna en la noche tropical ilumina tu cara.

Me trastorna tu sonrisa blanca y rizada; y embobado sonrío también.

Me enloqueces cuando te agitas y ruges apasionadamente. Sobre tu ondulado vientre me arrullas y meces como el huracán. Pareces una erótica y frenética bailarina.

Yo me dejo querer como un vanidoso amante por tus tiernas caricias. Quisiera penetrar en ti para adorarte eternamente, mi seductora amante, la mar.

LA SIRENA Y EL NÁUFRAGO

(Cuento)

Arribó a una isla remota una sirena herida
y allí estaba un náufrago, varado y herido también.
Ella lo miró, y le dolió. tanto su melancolía
que rompió a llorar lágrimas saladas de pena por él.

El viejo marino que siempre soñara con una sirena
de rubios cabellos, de hermosa figura y dulce mirar,
al verla tan triste se olvidó un momento de sus
    desventuras
y empezó a contarle fabulosos cuentos de una
    sirenita y un lobo de mar:

Las sirenas sueñan, dijo el marinero, de la tierra
    amores,
sueñan los marinos, como las sirenas, amores del
    mar,
soñar lo imposible es la religión de los soñadores.
Para las sirenas y para el marino la vida es soñar.

Dice la leyenda que, si una sirena encuentra un
    marino,
tiene prohibido por el dios del mar quedarse
    junto a él.
Sólo ha de mirarlo, robarle la calma y seguir su
    ruta
porque si se queda, la sal de los mares se volverá
    hiel.

Dicen que se debe tan grave castigo, porque al gran Neptuno
se le fue su amada con un marinero que escuchó cantar.
Desde aquel entonces está prohibido que marino alguno
vea a las sirenas. Y si lo imprevisto hace que se encuentren,
que sea su encuentro, como una condena, eterno penar.

Dulce sirenita que vienes herida, no te cause llanto mi melancolía.
Cuando te hayas ido, no pienses que siento por ello dolor.
Un día seremos tan sólo materia como en un principio,
morirá Neptuno, morirá su hechizo, y al final de todo triunfará el amor.

Cuando en las tormentas el mar se enfurece y brama rabioso
y arrastra los barcos con los marineros al fondo del mar,
es el despechado y feroz Neptuno dando manotazos de amante celoso
porque una sirena y un marinero se han vuelto a mirar.

EL NÁUFRAGO

Apareciste, como aparecen en el horizonte
  la esperanza de una vela
o el dorado y reluciente sol del amanecer.
Saliste al paso en la noche de mis sueños, pero yo
  era el náufrago, mujer.

Quiso llamarte mi alma. Quiso gritar mi cuerpo
  desde el fondo del tiempo y del espacio.

Mi brazo quiso alzarse para tocar tu orilla. Pero
  brotó del cielo el rayo y el relámpago del dios
  castigador que lo paralizaron.
Y el trueno furibundo acalló de un soplido mis
  delirios de náufrago.

Quise gritar: «¡Deténte! No pases, gaviota, por mi
  orilla de largo»,
pero se me quedó entumecido el tiempo, el brazo
  y el espacio,
en mi mundo de náufrago.

Tiñe el silencio en torno de mi alma su brazo
  helado y negro.
Como un lazo de piedra alrededor del cuello,
  la noche me ahoga con su oscuro y lúgubre
  abrazo.

Vuelve el grito al silencio de donde quiso huir.
 Y sólo queda una imagen
fugaz, blanca y dorada, grabada en mi retina de
 náufrago solitario.
Sé que no apareciste, fue una alucinación
 de náufrago a la deriva
que te vio aparecer en la luz de un relámpago.

LOS ENSUEÑOS

Mar adentro, mar adentro,
y en la ingravidez del fondo,
donde se cumplen los sueños,
se juntan dos voluntades
para cumplir un deseo.

Un beso enciende la vida
con un relámpago y un trueno,
y en una metamorfosis
mi cuerpo no era ya mi cuerpo;
era como penetrar al centro del universo:

El abrazo más pueril,
y el más puro de los besos,
hasta vernos reducidos
en un único deseo:

Su mirada y mi mirada
como un eco repitiendo, sin palabras:
más adentro, más adentro,
hasta el más allá del todo
por la sangre y por los huesos.

Pero me despierto siempre
y siempre quiero estar muerto
para seguir con mi boca
enredada en sus cabellos.

Querida Belén:

Ninguna de tus cartas me ha parecido algo inútil o equivocado. Me gustaría que hubiésemos tenido la oportunidad de hablar cara a cara durante algunas horas para que las miradas limpiasen nuestro espacio comunicativo de todo prejuicio, o de la mayoría de ellos.

Yo no necesito ni más ni menos apoyo moral del que precisa otro ser humano cualquiera. Todo lo contrario. En mi situación prefiero dar apoyo moral que recibirlo. Tengo mucho tiempo para hacer un análisis crítico de la realidad que nos envuelve. También a mí, y a la sociedad, en esa relación de interdependencia. Te aseguro que no es soberbia ni orgullo mi respuesta. Creo que lo que más necesita el ser humano es tiempo para la reflexión. Y no lo tiene.

Al finalizar cualquier tipo de educación, la persona debería disponer de otros tantos años de ocio para desprenderse de los prejuicios éticos y morales que los demás le impusieron en función de muy variados intereses, no siempre honrados.

Te equivocas en una cosa cuando dices: «No te he escrito, porque tengo la sensación de que te molesta que lo haga.» No, no me molesta, todo lo contrario. Me encanta, pero debes entender que yo escribo con un bolígrafo entre los dientes. Y eso me cansa mucho. Cuando empiezo a responder una carta me extiendo un poco, pero eso no quiere decir que me sea fácil. No puedo contestar a todas las cartas, sólo a aquellas que me descubren una persona necesitada de ternura. Aunque ese deseo nos es común, no creo que necesites que yo te escriba.

Percibo en tu carta un cierto tono de reproche. Te aseguro que no es indiferencia, pero entiende que nunca te voy a responder carta por carta.

¿Necesitas que te escriba, Belén? Si es así, dímelo y haré el esfuerzo encantado. Si a ti te gusta escribirme no lo hagas por el prejuicio de que pueda necesitar apoyo moral. ¡Soy bastante fuerte! Belén, desear la eutanasia no es, precisamente, estar desesperado, triste o necesitado de cariño. Es buscar la sensatez en la razón humana. La razón humana es lo que debe prevalecer.

En tu última carta me preguntabas por qué te escribía.

No suelo contestar a cartas de personas que estén en contra de la eutanasia. ¿Por qué? Pienso que es un diálogo absurdo. Entrar en esa polémica es abrir un diálogo de sordos que no lleva a ninguna parte. Lo hice contigo porque me parecía, y me sigue pareciendo, que una gran generosidad y bondad personal afloran en ti. Con mi respuesta quería transmitirte la forma que yo tengo de ver la vida y hasta dónde me parece digna de ser vivida, al margen de todo prejuicio de carácter religioso, o de otro interés que no sea el personal.

Al Estado, la religión u otros grupos profesionales que tienen poder de imponerme su autoridad ética o moral sólo les concedo el derecho de prohibirme cualquier acto que atente contra la libertad, la dignidad o la vida de otra persona o grupo. Entiendo que me transmitas tu apoyo y tu cariño. Te lo agradezco. Sé que hay millones de seres humanos que piensan y sienten igual que tú. Yo pienso y siento lo mismo por cualquier persona que se halle en una situación dramática. Pero yo siempre defenderé la voluntad personal si la muerte es la única salida que tiene para liberarse de esa situación.

Belén, yo no pienso como un enfermo, no actúo como un enfermo, pero siento como un enfermo. Siento, pienso y actúo como un ser humano ante la dramática visión de un semejante convertido en un tetrapléjico. Se da la circunstancia de que, también, soy un tetrapléjico, y reclamo para mí —solamente para mí— la libertad de dejar de serlo.

Como no creo que te hayas enamorado de mí —disculpa la broma—, supongo que al escribirme lo haces con el noble y generoso propósito de llevarle un poco de consuelo y distracción a un enfermo del que la gente piensa, erróneamente, que está desesperado. Lo entiendo. Lo que no me parece bien cuando somos mayores y pedimos libertad es que quieran que miremos hacia otro lado. Parece que fuéramos niños a quienes les tocan un sonajero para distraerlos.

Me exigías en tu última carta que respetase tus creencias. ¡Cómo no!

Pero te recuerdo que en una de las primeras cartas que me enviaste me decías que yo no podía llevar a cabo lo que quería —y quiero— hacer. Es decir, tú estás del lado de la doctrina religiosa. Lo que opinan las autoridades religiosas a propósito de mi derecho personal lo considero un delito.

Cuando te decía que dudar es de sabios, quería decir que siempre nos debemos guiar por el criterio personal. Si nos fiamos de lo que nos dicen los demás acabamos siendo sus esclavos. Si tú me dices que no me pueden aplicar la eutanasia, yo te puedo responder que deberías poner en duda tus afirmaciones. Ahora tendría que entrar en un análisis crítico de toda religión y sus nefastas consecuencias en la civilización de la humanidad. Seguro que ya se habrá despertado tu espíritu de réplica. Te diré que pienso que una razón pura y científica es el espíritu puro. Sería lo que tú pudieras llamar la conciencia de dios. Yo digo que dios es mi conciencia. Si yo creo que puedo morirme voluntariamente, ésa, Belén, es la voluntad de dios. Lo que dice la religión como principio doctrinal es un sofisma que lo único que pretende es mantener el principio de autoridad. Quien nos salva y nos libera de todo temor, de toda condenación y de toda esclavitud, es nuestra conciencia.

Yo no te voy a pedir que me escribas. Si tú necesitas un amigo a quien contarle tus alegrías y tristezas, cuenta conmigo. Ahora bien, si necesitas un enfermo con quien practicar alguno de los mandamientos de cualquier religión, mejor que no lo hagas.

Si no me equivoco, querida Belén, te gustaría acabar con el dolor y el sufrimiento del mundo. A mí también. La eutanasia es una forma racional y humana de ayudar. Sólo a personas sin criterio propio y aterrorizadas por el mito del padre se les puede hacer creíble tamaña barbaridad: sacralizar el sufrimiento me parece la forma más cruel de esclavitud. Mi cuerpo sobrevive gracias a los fármacos modernos, y a una sonda para poder orinar, además del esfuerzo y sacrificio de una o dos personas que se ocupan de mantenerme con vida, limpio y alimentado.

Cierto que hay un miedo natural en todo ser vivo, no tanto por la muerte en sí, como por el dolor. Sin embargo, no debe utilizarse ese temor natural para que las personas se sometan a la voluntad de ninguna autoridad moral. Cuando dejamos de ser niños, todos somos autoridades morales en lo que respecta a la vida, la muerte y el amor. Me gusta hablar con las personas, querida Belén, pero el tema que yo planteo es la eutanasia como un derecho humano. Supongo que sabes que eutanasia significa buena muerte.

Un cariñoso y cordial saludo.

LA ALTERNATIVA DE LA MUERTE

La calidad de la vida consiste en una conformidad placentera, una percepción armónica del cuerpo y de la mente con el todo al que están condicionados y sujetos los sentimientos personales. Cuando no se sobrevive por simple temor a la muerte, la muerte es la única alternativa racional para liberar a la vida del sufrimiento. Cuando no hay calidad de vida, cuando el caos es total no hay más alternativa que la desintegración de la materia para renacer.

AMIGA

Amiga, ¿quién impide que se cumplan los sueños
de remontar el vuelo más allá del temor,
a quien ya no pregunta de la vida el sentido
sino para qué sirve en la vida el dolor?

Más allá del temor se comienza de nuevo.
Lo eterno es siempre, siempre, un nuevo comenzar.
Comenzar a vivir, comenzar a morir,
y entre certeza y duda comenzar a soñar.

Soñando comenzamos a creer en la vida.
Amando comenzamos a creer en la muerte.
Y todo amante piensa en buscar el amor
más allá de la vida cuando su amor se pierde.

YA VES

Cuando me habló, estaba triste;
me preguntó la causa de mi tristeza.
Mujer, la causa de mi mal siempre es la misma:
que yo adoro lo bello y tú eres la belleza.

A menudo yo soy como el Quijote:
te idealizo dueña de mi locura
pero no se me olvida nunca que es sólo sueño.
La causa de mi mal, ¡ya ves!, es la cordura.

INCRÉDULA

Anhelante afirmas que crees en dios
y que además tu dios siempre puede hablarte.
Yo no creo en dios y sin embargo afirmo:
porque existes tengo para creer bastante.

Soy afortunado y rico con el sueño
porque mi espíritu es capaz de acariciarte.
Tú desconsolada lloras porque no tienes dueño.
Ingrata, porque quieras tenerlo, dios puede
    castigarte.

Tú habitabas en un mundo de secretos,
del prejuicio y del dolor encadenada
y con todos los sentidos predispuestos.
Anhelantes acogieron mis sentires tus palabras.

Tú eras agua, fresca lluvia, yo desierto,
¿o eras tú el desierto, y yo el agua deseada?
Qué más da, si desde entonces nacen flores en tu
    pecho,
qué más da, si desde entonces le han nacido al
    mío alas.

Incrédula, ¿por qué tiemblas aterida de temores y
    de culpas
cuando tu pecho florece y al mío le nacen alas?
Cuando el pecho reverdece con las lluvias del
    amor,

sólo el que no tiene fe puede pensar cosas malas.
Incrédula, no te aflijas porque no puedas coger
la luna dentro del agua,
antes hay que transformarse en luz
    para penetrarla.

Hola, María:

Sí, te imaginaba una chica encantadora, algo tímida, tal vez algo retraída pero curiosa y, por lo tanto, candidata a inteligencia despierta.

Espero que todos tus compañeros de curso sean partidarios de mantener en armonía su cuerpo y la mente. Si así es, puedes mostrarles mis valiosas epístolas. ¡Espero que entiendas mi mal sentido del humor! No tengo inconveniente en que muestres mis cartas a tus compañeros. La idea fue del profe, ¿verdad?

Yo era mecánico y trabajaba en barcos de una compañía naviera que se dedicaba al transporte de petróleo. Estando de vacaciones en casa de mis padres —desde donde te escribo— un día me fui a bañar a la playa y al tirarme al agua toqué con la cabeza en el fondo, que era de arena, y me fracturé la columna por la séptima vértebra cervical. Esta fractura produce una parálisis de todo el cuerpo —tetraplejía—. Nunca hay que tirarse de cabeza donde haya poca profundidad de agua.

¿Qué hago para distraerme? No distraerme. A ver si me aclaro en la siguiente carta.

Cuando somos niños y estamos en la cuna, lloramos para que nos cojan en brazos. Supongo que nuestro deseo es sentir el movimiento, la libertad.

Pero nos ponen un chupete en la boca para que olvidemos nuestros propósitos y miremos a otra parte, para que se haga la voluntad del que nos coloca el chupete. Sencillamente, porque no quieren cargar con nosotros. Cuando nos distraemos, alguien se aprovecha de nuestros despistes.

Dices, María, que no entiendes de política. Pues no te distraigas. Si te despistas, cuando reclames libertad, justicia e igualdad te van a responder que hables de otras cosas, que mires a otra parte, o que te pongas a rezar.

Ya sé que lo que quieres preguntarme es cómo teniendo catorce o quince horas de tiempo por delante, para ocuparlo, o para no hacer nada, consigo no aburrirme. Eso era lo que quería decirte: no me distraigo pensando siempre en lo mismo. Tengo que imponerme una disciplina mental.

No me levanto, como haces tú. Me despierto a las ocho y media de la mañana. Escucho noticias o música hasta las nueve y media o diez. Desayuno, y luego tengo unas horas determinadas para leer, escribir lo que se me ocurra. Mientras me van cambiando de postura cada tres horas —más o menos— voy observando lo que las autoridades se inventan para que los pueblos y las masas miren hacia donde ellos quieren. La comedia, el drama o el melodrama, resulta aterrador. Los seres humanos están dispuestos a creerse los resultados del malvado propósito de anular su voluntad y su espíritu crítico. Por ejemplo, me parece tremendo que los chicos digan: «Paso...» Me suena como una consigna de muerte. Otra de las consignas malvadas que andan por ahí sueltas es la de que a las masas hay que darles lo que quieren ver y oír a través de los medios de comunicación. El fin es entretenernos. Luego, ya vendrán los pícaros a ofrecernos sus protectoras religiones, con todo tipo de sectas y dioses diversos. Lo que deberían enseñarnos, desde que nacemos, es sentido crítico. Deberían explicarnos la teoría del origen de la vida y la evolución de las especies. Seríamos mejores creyentes. Seríamos más humildes y bastante más humanos. No soy ningún experto, pero creo que la etapa evolutiva del ser humano como creyente tiene que dar el paso siguiente —ya lo está dando— hacia una razón crítica, pura y científica que supere toda superstición. Entre ellas la del tabú y terror a su mortalidad.

Opino que los humanos tienen el deber de conocer. Es la mejor forma de distraerse y de liberarse del aburrimiento. Y —como tú dices— de pensar siempre en lo mismo. La razón crítica y pura será la próxima religión, eso que llaman la ciencia con conciencia. Y para conseguirlo tenéis que empezar, desde ahora mismo, a prepararos.

Por el momento, todo conocimiento que se ha obtenido se ha utilizado con el propósito de dominar y esclavizar. Cuando digo que debéis comenzar ahora, quiero decir que no cometáis los mismos errores que han cometido nuestros padres.

¿Cómo nos educaron? Pues como les indicaron que debían hacerlo. Tomando el chantaje emocional, el deseo del premio y el temor al castigo como base.

Claro que debe existir un método de educar y sociabilizar a las personas, pero no se puede ser contradictorio en su aplicación. Primero se nos induce a creer ciegamente en los progenitores, y más tarde, cuando llegamos a cierta edad, se nos exige que seamos decididos, valientes, y triunfadores. Y lo único que podemos ser es una copia mala de las taras y virtudes de nuestros educadores.

Dices que no sabes lo que hay ahí arriba. Lo que hay es siempre nuestra propia conciencia. Si le preguntamos, siempre responde con justicia y verdad.

Querida María, si buscamos el conocimiento, entenderemos lo que hay ahí arriba, porque te entenderás a ti misma. Si curioseamos por los rincones de la ciencia, y por los de nuestra conciencia, llegamos a comprender la vida, la muerte, el amor, la religión y la política.

Tú te preguntas con la conciencia limpia de todo prejuicio moral e interés personal, de casta o poder dominador, que no entiendes por qué me prohíben la muerte. Es normal que no lo entiendas. Cuando queremos comprender algo siempre tenemos que retroceder a la génesis, al origen. ¿Recuerdas lo que decía Sócrates cuando afirmaba en *El banquete* de Platón, que, así como a él no le gustaría que su esclavo se quitase la vida sin su permiso, a dios tampoco le gustaría que él hiciese lo mismo?

En España, el rey practica la religión católica y —como es lógico— por encima de él sólo está dios. Según el dogma de esa religión, sólo dios puede quitar la vida. Por tanto, si él se somete a la voluntad de la suprema ley, sus esclavos —los súbditos— estamos obligados a someternos a las leyes de su reino terrenal. Y para mantener este principio de autoridad existe la amenaza psicológica de que todo aquel que me preste ayuda sufrirá el dolor de la cárcel. El terror al dolor que nos puede imponer el poderoso, es su mejor arma para tenernos sujetos.

No hace falta más que observar los movimientos terroristas para entender cómo funciona y ha funcionado —ha sido utilizado— el miedo a lo largo de la historia de la humanidad por los más feroces y astutos. Hoy ninguno de ellos quiere perder el control o la posibilidad de administrar el temor que las personas sienten ante la idea de la muerte y del dolor.

Los médicos quieren controlar el dolor, y los curas la muerte. El rey es el cabecilla ejemplar. Pero, claro, él se somete a sus leyes por interés personal. ¿Y los que no aceptamos ser esclavos de la ética de los médicos, la moral de los curas, o de la terrorífica y amenazante protección del todopoderoso papá-Estado, qué hacemos? Al llegar a la mayoría de edad cualquier individuo debe tener el mismo peso en la balanza de una conciencia ética y moral.

Como ejemplo, puestos a discusión en el caso de la eutanasia, la voluntad moral y ética de la persona debe prevalecer sobre las teorías y las leyes. Cualquier ser medianamente racional entiende que no se defiende a la persona y su dignidad sino el reparto de poder entre grupos diferentes. No se juega en función de la racionalidad que la persona plantea sino en función de los conocimientos científicos que cada casta posea. Y también de los prejuicios que tengan en relación a la forma de morir.

Defiende, María, el sistema político democrático. Pero para ello tendréis que comenzar por vosotros mismos, después proseguir en vuestras futuras familias con vuestros propios hijos. En un sistema democrático, el concepto de igualdad significa —o debería significar— que la conciencia del esclavo de Sócrates tendría la misma autoridad moral que la de su amo. En lo que respecta a la libertad de poner fin a su vida lo único que habría que juzgar es si la mayoría de los ciudadanos consideran racional la decisión del esclavo, y no el interés de su amo por la utilidad de su mano de obra.

Pero para que una democracia sea verdadera hay que empezar por el hábito de la crítica analítica, la tolerancia y el respeto. El hábito que no se aprende de niño no se practica de adulto. Supongo que conoces algunos chicos o chicas que tienen problemas de falta de entendimiento con sus padres y maestros; ¿cuáles son las causas? Por lo que yo observo, casi siempre se debe a que quieren mantener el principio de autoridad de un modo antidemocrático. Para defender la democracia, María, no olvidéis que hace falta criticar buscando las causas y el origen de todo aquello que nos parece irracional e injusto.

Como puedes ver, querida María, ésta es mi forma de distraerme. Un cariñoso abrazo para ti y tus amigos de la foto.

HACIA LA VIDA

Yo voy en una sola dirección: hacia la vida. Me expando y soy en cada instante aquello que mi voluntad desea y manda. Mi voluntad desea y manda también mi muerte con el universal propósito de recrearme.

Yo soy, porque quiero ser, la primavera. Me nazco y me muero cada instante del día y de la noche. Sin barrera alguna y sin reproches.

Me expando y me contraigo en cada latido. Voy al límite del universo y vuelvo al centro. Se acarician tus átomos y los míos en cada recoveco del camino —del eterno retorno—. Y sin ningún prejuicio, engendramos en cada beso un infinito número de hijos nuevos.

Ya soy la hez, la escoria del fruto que alimentó tus átomos con su energía. Ya he cerrado el círculo. Y soy color, calor, agua, luz, materia viva. La eterna primavera, muerte y vida en cada latido de la tierra.

Voy hacia la vida. Me subo y me bajo cuando me apetece para recrearme. El fin es superar el dolor y el miedo para buscar el placer, el equilibrio. Para nacer de nuevo.

SÓLO POR ESO

Yo me expandiré tanto para poder acariciarte
que se volverá átomos invisibles mi carne mortal
y cuando sientas, sin saber por qué, de pasión un
    temblor
será porque te envuelve, aunque no lo
    comprendas, este amor ideal.

Desde que vi tus ojos,
¿recuerdas cuando miré tus ojos la última vez?,
no se han vuelto a cerrar desde ese instante los
    ojos míos
—te veo en sueños—,
pero me ruboriza acariciarte con la palabra
y no comprendo bien el porqué.

Sólo por eso, sólo por eso quiero morirme,
porque me ruboriza soñar contigo, y sé por qué:
porque soy hombre y tú mujer.

LA GAVIOTA

Este pobre marino algo ingenuo e idiota
que mira a una gaviota y se embarca en el viento
a recorrer el mar.

Y aunque no tiene cuerpo,
echa a volar el alma
atada al pensamiento,
que es su forma de amar y caminar.

Yo ya te conocía
y tú también a mí;
no sabía tu nombre
pero estaba seguro
que andabas por ahí.

No importa que te vea,
no importa que me llames,
ese dios que tú tienes
y ese otro que yo tengo
nos parieron iguales.

Por eso yo ya te conocía,
por eso nos queremos
a pesar de todos los pesares.

SÍ, QUIERO

(Cuento para Gené)

Al principio fue el sueño, como en todo principio.
Al final será el sueño, como en todo final.

Quien teje sentimientos de paciencia y respeto
será recompensado con el conocimiento,
con la sabiduría, la suerte y la verdad.

Sí, quiero, pero no fue el verbo en el principio,
la vida, lo mismo que la muerte, es siempre
    verdad.
El verbo puede esconder una mentira,
pero no el deseo y la voluntad.

Ya cerrados los ojos y el alma de par en par abierta.
Liberada, al fin, del dolor absurdo la humanidad,
quedará la razón como la llave de abrir la puerta
que desveló el misterio que esconden el anhelo
    y voluntad de amar.

Sí, quiero, y celebró sus nupcias del mar en el
    fondo,
dijo la materia y comenzó a pensar.
Desde entonces prosigue inexorable su camino en
    busca del sueño,
reiterando siempre el ceremonial.

Miró fuera del agua y dijo el pez: sí, quiero;
quería ir más de prisa, más lejos, más allá,

y le crecieron alas para alcanzar el cielo,
se cumplió su deseo, se hizo su voluntad.

Miró el ave al espacio y se dijo: sí, quiero;
quería ir más de prisa, más lejos, más allá,
le creció el pensamiento, se transformó en
 humano,
ya llega con la idea hasta la eternidad.

Vio el hombre el sufrimiento y dijo, no lo quiero,
no quiero la injusticia, deseo la bondad.
Pensó en la buena muerte y no encontró pecado,
se cumplió su deseo, se hizo su voluntad.

Ya liberado al fin del sufrimiento absurdo,
se oye al pelotillero profeta salmodiar:
«Padre, tú que lo sabes todo, perdona nuestras
 culpas,
castiga mis pecados, sea tu voluntad.»

Renunció a su conciencia el falso adorador,
no quiere formar parte del evolucionar,
por eso se hace esclavo, por ser irresponsable;
pero no habrá perdón para su crueldad.

Explícame: ¿en qué ley de la vida se refleja lo
 absurdo,
tú, ser depositario de la afectividad,
tú, responsable del verbo, noble, verdad y bueno,
tolerancia, respeto, justicia y libertad?

Sí, quiero que se cumpla la voluntad y deseo
de ser dos siendo uno para Gené y Joan.
Mientras vayan tejiendo con hilos del amor
la trama de la vida, el amor y la muerte
con un simple: «sí, quiero», de promesa nupcial,
el sueño en ese día está de buena suerte.

REGALO NUPCIAL

(Para Gené Gordó)

GENÉ-MUJER

Mientras teje la vida su milenaria trama de
   renuncia y deseos,
tu corazón construye alrededor de un hombre su
   cerco seductor.
Mientras vuele una boca a posarse anhelante
   sobre tus tibios senos
seguirás transformando, en medio de lo absurdo,
   a una semilla en flor.

Espíritu sensible, como toda mujer excepcional,
materia inteligente, querida amiga mía,
buscando entre los sueños algo trascendental
mientras camina el tiempo en pos de la utopía.

Después de haber buscado entre los colores las
   respuestas,
después de haber buscado en las palabras la
   verdad,
sólo con desearlo y unir la voluntad con el deseo
   en un «sí, quiero»
retorna el equilibrio, el sueño con el hijo, la
   verdad, lo inmortal.

PARA LA AMIGA

Gené, la cantarina voz de un dulce ser
que desea arrancar de la vida el dolor,
la que persigue el sueño, como toda mujer,
de poder transformar una semilla en flor.

Materia generosa recorriendo universos.
La que hace a su nombre honor excepcional,
la que sólo desea unos sentidos versos
como único presente de regalo nupcial.

La que se aventura como valiente marino
por los mares oscuros de la superstición,
acosando al temor y al profeta mezquino
que pretende ocultar con velos la razón.

Hemos buscado juntos de lo eterno el sentido,
deduce que el concepto aterra al racional.
Para siempre jamás simboliza el infierno;
el dolor incurable es razón infernal.

De la que busca sentido al ser y ser eterno
y en el bien morir un bien liberador
llevaré, como un paisaje tierno,
grabado en la memoria su amistoso calor.

Después que sea luz, pura materia,
si se oyese a un átomo, con la onda muy seria,
    exclamar:

¿dónde te he visto antes de ahora?,
o, ¡parece que nos conocemos de toda la vida!,
habremos desvelado un enigma más.
Que la materia tenía deseo y voluntad
porque era inteligente, querida amiga.

SIRENITA

Sirenita, no te calles,
que me duele tu silencio.
Yo te arrullo y deposito
en tu cabellera un beso.
¡Con el pensamiento, claro!

Y un collar de caracolas
alrededor de tu cuello,
y un anillo de una perla
para acariciar tus dedos.

Yo te haré del mar la diosa
que encante a los marineros,
náufragos a la deriva,
sin barco, vela ni remos.

Tu canto será su rumbo,
tus sueños serán sus sueños;
es lo que buscamos siempre
por la mar los marineros.

El canto de una sirena
que nos cante allá muy lejos,
más allá del horizonte
donde pensamos, sirena,
que se esconde nuestro cielo.

El más hermoso de todos,
el que sólo está en los sueños:
el ideal de lo hermoso,
de lo armónico y lo bueno.

Tu cantar es mi alegría
y del universo entero.
Sirenita, si no cantas
van a llorar los luceros.

Y ya no podré mirar
de tus ojos su reflejo;
el ideal de lo hermoso,
de lo armónico y lo bello.

Sirenita, si te callas,
¿cómo he de encontrar el rumbo
para llegar hasta el cielo,
si estoy solo, a la deriva,
sin barco, vela, ni remos?

LA VIDA ES SUEÑO

No te acerques, mujer misteriosa, a conocerme,
es más sueño la vida que concreción.
Tu voz es para mí algo inalcanzable, la mujer, la
     esperanza,
la que tiene en el alma todo poeta, la perfección.

Cuando te tenga cerca ya serás, sólo, vulgar
     materia.
Sí, serás más humana, más verdad, serás al fin
     real,
pero habrán terminado mis ensueños de poeta
     loco,
pues sólo soy humano cuando estoy en mi mundo
     irreal.

Cuando estés a mi lado ya no serás mi musa;
serás lo inalcanzable con tu mano tendida,
esa mano que nunca yo lograré estrechar.
Y tu brazo será el testigo que acusa
a quien le corresponda, que no es así la vida,
¡qué va!, ¡qué va!

LA METAMORFOSIS

No puedo concederte lo que no es mío,
ya que hoy es todo tuyo lo que mío fue ayer.
Recuerda que me dijiste que estabas sola y sentías
    frío.
Te has olvidado, acaso, que te dejé para cubrirte
aquella noche todo mi ser.

Hay en cada entrega una metamorfosis
y lo que se entrega jamás se puede volver a poseer.
Cierto que a veces nos es devuelto el ser después
    de amado.
Pero, aunque parezca que es siempre el mismo,
acaba siempre de renacer.

Como no quiero que me devuelvas ese ser mío al
    que has amado,
hazme un favor, si puede ser.

Tú me dijiste que te gustaba sentirlo cerca.
Si no te importa, me gustaría que te lo quedases.
Siempre ha tenido como ideal acariciar
eternamente el corazón de una mujer.

Querida Laura:

Como te dije hace un rato por teléfono, he recibido los libros que me habéis enviado junto con los Cohibas y tu amable y tierna carta. Después de leer la carta y fumarme uno de los puros, con sabor y aroma de amigos-as, de sol del Caribe y de otras añoranzas que se despertaron, hojeé los libros. ¡Gracias! Cuando los haya leído enteros, te diré cuánto me encantó la magia que atisbo en ellos.

La frase que sigue es de tu carta: «He pensado en tu deseo de muerte y en lo llena que tu cabeza está de vida, y me vuelve la tristeza cuando siento esta contradicción tan fuerte.»

Sí, hay vida en mi cabeza porque yo amo la vida, pero toda la vida, a todo ser vivo, sea racional o irracional, porque todo ser vivo es misteriosamente hermoso. Y como soy un ser racional y tengo una sensibilidad estética, no acepto la fealdad de contemplar a un ser vivo —en este caso a mí mismo— en un estado tan miserable de impotencia; que sobrevivir así me causa vergüenza y, por lo tanto, una gran humillación. De aquí nace el concepto racional de morir por defender nuestra dignidad. Repito que yo amo cualquier ser vivo, y no solamente a la mezquina, codiciosa y soberbia especie humana —que la amo también a pesar de todo—, pero me parece que hay algo aberrante en su razonar. Ese empeño en protegerse tanto a sí misma que llega a lo absurdo de querer proteger la vida de los demás individuos de su especie en contra de la voluntad racional de éstos. ¡Es una forma de esclavitud!

Porque hay vida en mi cabeza, pero una vida racional, creo y pienso que la libertad es lo único que le da sentido a la vida. La libertad es el anhelo más fuerte de todo ser que posee la capacidad de movimiento. Se puede renunciar a gran parte de ese movimiento y aún sentirse libre. Y habrá quien se resigne a sobrevivir sin ninguna libertad de movimiento. Yo no. Yo no acepto la vida sin la mínima libertad de movimiento que me dé mi cuerpo para sobrevivir por mí mismo. Sin esa mínima libertad no hay posibilidad de sentir felicidad o alegría.

Hay animales que sin libertad ni siquiera se reproducen. Otros se mueren de tristeza y de melancolía si los privan de su libertad. Yo soy también un animal, pero que tiene la capacidad de preguntarse cuál es el sentido de la vida, y siempre me sale la misma respuesta: el sentido de la vida es la libertad para ser libre de vivir, amar y morir, pero libre, libre, libre...

Pero mi libertad es la libertad de todo ser viviente, de la vida toda. No es solamente mi deseo egoísta y codicioso de quererme a mí mismo, o a mis familiares y amigos, sino a todos los seres humanos que han sido mis padres y madres, y a todos los seres humanos que son y serán nuestros hijos, y a todos los seres vivientes que son y serán nuestros hermanos. Vaya paradoja, ¿no?, a cuantos mataron hasta su extinción.

Dejando a un lado el origen y la génesis de esa especie, mi vida pertenece a esa especie, pero antes me pertenece a mí como individuo celular de ese grupo. El grupo dominante de esa especie puede negarme la libertad de mi muerte voluntaria, si con mi acto pongo en peligro a la especie misma, o la vida y la libertad de algunos de sus individuos. Pero yo no atento contra ninguno de estos dos principios con la acción de poner término a mi vida.

¿Entiendes por qué se me niega ese acto de libertad, de respeto y amor por mí mismo, que no es, al fin y al cabo, más que un gesto de amor y respeto a la misma vida? La respuesta es obvia: por mantener el principio de autoridad, no por amor y respeto a la vida, a la especie o al individuo.

De este modo nunca me han respetado. Mi raciocinio y mi conciencia pasarán de la vida a la muerte siendo esclavos de otras conciencias. Habré padecido la más atroz e inmoral de las esclavitudes sólo porque a mis amos les habrá convenido políticamente. En su momento abolieron la esclavitud de los cuerpos pero, al parecer, le tienen mucho más miedo a la libertad de la conciencia.

El concepto constitucional de la dignidad de la persona no puede quedarse a la altura de un simple derecho a que la persona no pueda ser torturada, humillada, por el poder y la autoridad del Estado. Se tendría que entender que la persona tiene el derecho a no ser humillada por la tortura del sufrimiento inútil, irremediable y atroz.

Te decía al principio que se puede tener amor a la vida y desear, al mismo tiempo, la muerte cuando se hace por amor a la vida entera como un todo sensible. Por mi dignidad, creo que ya te lo he explicado. Para referirme a la vida sensible pondré por ejemplo la anécdota que tú conoces porque estabas presente cuando sucedió: la de aquella persona que me preguntaba por las causas y motivos para desear morirme. Yo le contaba la vertiente triste y patética de mi historia, como me la cuento y vivo cada día. Creía que aquella persona tenía la coraza y el casco del técnico que ejerce el oficio de observar la historia de humanas ruinas, cuando me di cuenta de que se le rompía el alma, y que no le servían de nada la coraza y el casco, porque no los llevaba o porque no los tenía bien ajustados como las normas del oficio ordenan: que no me duela mucho el sufrimiento que yo no pueda remediar, y si me duele tanto que me hace llorar de impotencia y de rabia, la culpable injusticia o la necedad de los que no la remedian, entonces es mejor no mirar hacia esas ruinas.

Pero aquella escena, que tú y yo mirábamos, es o pertenece a lo que yo llamo la vida sensible, un todo afectivo, porque mi sufrimiento era su sufrimiento, y el sufrimiento de ella era el mío también. Éramos dos seres impotentes para ayudarnos mutuamente. Si me hubiera podido morir en aquel instante, o antes de ese instante, yo me hubiese marchado de la vida con una de las más tiernas, humanas y serenas miradas. Aquella persona se hubiera entristecido menos porque mi dolor —que era también un poco suyo— se terminaba. Yo me habría muerto sabiendo que mi dolor no le volvería a causar el mismo sufrimiento a otro ser sensible que me contemplase. Ya no estaría aquí para que pudiese verme como una piltrafa humana.

Te podrás preguntar que si digo que uno puede querer morirse por amor a los demás, ¿por qué no querer sobrevivir por ellos también, si con tu muerte les causas un dolor? Y la respuesta es bastante obvia: ¿cuál sería el sufrimiento más injusto?

Dices en tu carta que conoces a personas que en mi circunstancia quieren seguir viviendo a pesar de todo. Se dejan engañar o escuchan lo que quieren oír para espantar sus miedos, los que tienen capacidad de raciocinio. La mayoría ya tienen, ¿o tenemos?, atrofiado el sentido de nuestra autoestima, el pudor, y la dignidad. La inmensa mayoría no quieren, ni les dejan, ver su propia realidad.

Decías también que habías conocido a una chica tetrapléjica que no aceptaba su situación y me hablabas de su conflicto con su padre. Yo pienso que la solución es bastante simple: a esa chica se le debería preguntar si quiere sobrevivir o no en el infierno. Y la determinación sería, estrictamente, un acto de voluntad personal. Si yo fuera el padre de esa chica le preguntaría si quiere morir o vivir. Si su respuesta fuera la muerte, le daría un plazo de tres meses para que volviera a meditar su situación. La chica tendría que hacerse responsable de sus actos, y no descargar su odio contra los demás.

Yo también conozco a personas de esas que tú dices que aparentan ganas de vivir. ¡Hay mucho artificio y mucho fingimiento para ocultar el miedo y la angustia en casi todos nosotros! Cuando oigo hablar a alguno de los técnicos de esos centros hospitalarios, y decir que la mayoría de las personas que llegan a sus dominios con la muerte tirando de ellos ya no la piden porque se han entregado a sus amorosos cuidados. Habría que preguntarse si con hábitos culturales diferentes esas personas se comportarían psicológicamente del mismo modo.

Te preguntas si en una silla de ruedas mi vida —te dejo que la llames así— habría sido distinta. No, nunca la quise ni la querré. Aceptar la silla es aceptar esa miserable libertad. Es aceptar un poco, también, el poder caritativo del sistema y su capacidad de persuasión. Aceptar la silla —me refiero a un tetrapléjico— es aceptar la apariencia de persona cuando no se es más que una cabeza.

¡A mí no me basta solamente la cabeza, ni aunque pudiese desarrollar alguna actividad de carácter intelectual!

Te explicaré cuál era el verdadero significado de las imágenes de mi cuerpo desnudo en un reportaje de Telemadrid. Al verlas resultan chocantes, horribles, y de mal gusto. Pero la condición era que comenzasen con el siguiente texto, o que no se emitiese el reportaje: «Querido teleespectador, éstas son las imágenes de un cuerpo atrofiado, insensible, muerto, al que está pegada mi cabeza sensible y racional. Si pensar es un diálogo entre mi raciocinio y mi circunstancia, ese diálogo me lleva a la conclusión de que la muerte es lo mejor para mí. Ya que no hay nada más cierto que tengo que morirme.»

Mientras uno pueda valerse por sí mismo, sea con silla de ruedas, muletas o bastones, siempre que esa persona se crea libre, su vida tendrá sentido. Y cuando ese sentido se acabe, y la razón humana lo entienda, entonces será el tiempo de morir. «Hay un tiempo para todo bajo el sol.»

Sí, he pensado muchas, muchas veces si ha valido la pena sobrevivir todos estos años. No, no valió para nada mi sufrimiento, ni tampoco el dolor que mi sufrimiento ha causado. Si hubiera tenido la libertad de morirme a tiempo, el dolor habría tenido la medida del amor humano. Habría dejado mi mirada en otra mirada, mi sonrisa en otra sonrisa, todo mi recuerdo de agradecimiento en quien me hubiese ayudado, por amor y respeto, a despojarme de mi cuerpo. Habría dejado, como deja el sol cuando se sumerge en el mar al anochecer, pintado en el cielo el más impresionante y hermoso cuadro: un gesto sereno como una caricia de despedida antes de irse a dormir. Como una pupila que, lentamente, va cerrando el párpado inmenso del cielo pintado de rojo, y a medida que asciende se va difuminando en oro, ocre y azul, hasta unirse en lo alto en el sueño oscuro de la noche, que lo empuja hacia abajo, muy poquito a poco, con tanta ternura que más bien parece que alguien invisible lo esté acunando para que se duerma.

Morirse es sólo eso. Echarse a dormir cuando uno está muy cansado, sereno y tranquilo, sin temor al sueño, sin tristeza ni rencor mezquino, dejando en el mundo un recuerdo bueno de nosotros mismos, en todo lo que hemos amado, como dejó el sol su más hermosa despedida grabada en mi recuerdo. Pero para eso hay que ser tan libres, tan libres, tan buenos, tan buenos, que tal vez sería desear que los humanos fuesen demasiado humanos.

Personalmente, pienso que para tolerar la eutanasia, o el derecho a morir por dignidad, se necesita amar de verdad a las personas y a la vida, y tener un profundo sentido de la bondad.

Te aseguro que el día que recibí vuestros regalos estaba muy contento, pues uno —yo— no tiene tantas oportunidades de encontrarse con personas como tú, de esas que al mirarlas a la cara vemos en ellas, a través de sus pupilas, algo más de lo que nos puedan decir sus palabras. Ese alguien que te dice con el alma que desea protegerte. Y tú le respondes con la tuya que ya lo sabes. Y te gustaría decirle, para no mirar su tristeza, que basta sentirte querido para sobrevivir, que cuando te sientes tratado con amabilidad y ternura es motivo suficiente para pegarte a la vida como una lapa. Y te gustaría decirle —parodiando a Neruda— que la ternura cae al alma como al pasto el rocío, pero no puedes porque eso tampoco te basta.

Recibe un beso y un abrazo muy fuertes, muy fuertes.

¿POR QUÉ MORIR?

¿Por qué morir?
Porque el sueño se ha vuelto pesadilla.
Porque la humana razón es más hipocresía
   y menos verdad.
Y la libertad es sólo para los ingenuos una
   inalcanzable utopía.

Morir es un acto humano de libertad suprema.
Es ganarle a Dios la última partida.
Es un corte de mangas que democráticamente le
   hacemos al dolor por amor a la vida.

Es irnos en pos de un nuevo cielo donde, quizá, la
   gloria nos sonría,
porque éste que nos cobija tiene eterna cara de
   perro rabioso
que nos humilla, ladrido a ladrido, segundo a
   segundo, cada vez con más saña, dejándonos
   un poco más escarnecidos.

Morir es jugarnos a una sola carta toda nuestra
   vida.
Es apostarlo todo al deseo de encontrar un lucero
   que nos alumbre un nuevo camino.

Y si perdemos la apuesta, sólo perderemos
   la desesperanza y el dolor infinito.

Sólo perderemos el llanto que, lágrima
tras lágrima, nos anega el alma.

Como el náufrago que, después de que el barco se
haya hundido,
solamente espera, con la resignación del vencido,
agotar la fuerza de la última brazada para
entregarse, como el rendido amante,
a las tiernas caricias de su amada mar;
a sus besos salados y arrullos de brisas.

Y si ganamos la apuesta de la muerte, si la
esquiva suerte una vez nos mira,
ganaremos el cielo, porque en el infierno ya
hemos pasado toda nuestra vida.

¿Por qué morir?
Porque todo viaje tiene su hora de partida. Y todo
el que va de viaje tiene el privilegio, y el derecho, de escoger el mejor día de salida.

¿Por qué morir?
Porque a veces el viaje sin retorno es el mejor
camino que la razón nos puede enseñar, por
amor y respeto a la vida.
Para que la vida tenga una muerte digna.

Querida Laura:

Me dices que te escriba y que te cuente lo que pienso sobre dios, la vida, el amor y la muerte. También me preguntas en la última carta —o te preguntas— con la lógica curiosidad de la periodista, si lloro, si me desespero, o si deseo tanto la muerte que no hay nada que me haga cambiar de idea.

¿Y por qué te estoy escribiendo a ti, precisamente, cuando eres periodista, si me prometí a mí mismo no contarle jamás nada a nadie, como me propusieron miles de veces? ¿Por qué lo hago entonces?

El día que Gené Gordó me dijo que había una periodista que quería hacer un reportaje sobre la eutanasia, había dos cosas que me resultaron dignas de confianza: una era el nombre de la persona, Laura Palmés; la otra era que ella padecía esclerosis múltiple y que estaba de acuerdo en que la persona debe tener ese derecho. Después se va confirmando el primer impulso. Se van confirmando mis propias certezas de que hay seres humanos a los que vale la pena haber conocido, y haberles hecho una pequeña caricia como un guiño cómplice y solidario, por si les sirve de bálsamo humano para aliviar, aunque sólo sea por un instante, el dolor de vivir. No es por el tópico estúpido de ¡yo te comprendo! No. Es porque si algo he aprendido en estos veinticinco años es que sólo tengo un amor para dar, que es la ternura, aunque muchas personas confundan la amabilidad, la sonrisa amable y la paciencia estoica con la estupidez.

De la vida pienso que comienza por el amor; y todo lo que se entiende por amor es en la ley universal de la vida un placer: una llamada tuya por teléfono es una forma de amarme porque me agrada escuchar tu voz. Y si tú me dices que te agrada recibir alguna de mis cartas, ésa es una forma de amarte, pues a mí me satisface también saber que mis tonterías pueden hacerte alguna ilusión. La ilusión de un ensueño que dure un momento, no porque yo diga nada interesante, sino por el simple hecho de saber que hay alguien que idealiza nuestra imagen en sus pensamientos.

Después hay el placer de contemplar el mar, oler su perfume de algas y ensoñar con miles de otros placenteros recuerdos —los desagradables se dejan a un lado—, y oler el perfume del bosque y de la tierra, y escuchar los sonidos de la naturaleza toda. Todo eso es placer, como es un placer recibir en la cara, un día de invierno, la cálida ternura de un rayo de sol como si fuera una caricia de la naturaleza —madre cósmica que nos parió—. Sin embargo, todo ese placer, para mí, no equilibra el peso entre el deseo de vivir y la necesidad de morir. No es amor suficiente el que me da la vida. ¿Sabes lo que mi madre le pedía a dios? Que la vida que ella había engendrado con su amor —yo— se la llevase ocho días antes que a ella, u ocho días después. Claro que mi madre se lo pedía a dios, y yo se lo pido a la ley, pero al parecer los dos están sordos, o, lo que es peor: los dos son la misma persona. Las madres siempre deberían hacer de dioses, porque siempre serían justas. Siempre obrarían con amor.

Hay gente —mucha, al parecer— que tiene un modo muy extraño de quererme (de amarme); y es que, unos por unas causas y otros por otras, quieren que siga un poco más para llegar al mismo sitio, pero, eso sí, a su manera.

El día que me tiré al mar —más bien me caí— estaba pensando, precisamente, en el otro amor: en uno que había durado justo veintidós días. Ella tenía dieciocho años y yo veinticuatro. Hacía casi un año, en un pequeño puerto de Fortaleza (Brasil). Comparaba aquel amor de marinero, loco, libre, sin ningún prejuicio moral, con éste de ahora, honesto y atemorizado por perder el virgo, y pensaba en que tenía que cenar en compañía de su familia aquella noche. Si te digo la verdad, tenía dudas sobre si dejar plantada la formal cena de compromiso, esposa y cadenas, y largarme al Brasil donde las putas no cobraban tarifa.

En el reportaje que me hiciste sobre la eutanasia (morir para vivir), cuando me preguntaste por la novia, lo primero que me vino a la memoria fue lo que te acabo de contar, por eso dudaba entre narrar la anécdota o dejarlo en lo esencial de la última mujer en la que se había detenido mi barco, como si fuese el último puerto que tocase en busca de un amor de mujer. Tal vez eso que tanto idealizamos no sea más que una simple ley universal, la de la gravedad, que nos lleva siempre, inexorablemente, a girar alrededor de la figura de la mujer, y la mujer del hombre. Y cada especie gira alrededor de su propia ley, la del placer fatal de reproducirse.

Pienso que amor, vida y muerte, es todo lo mismo. Son las distintas leyes que rigen un todo. Cierto que nuestra especie tiene la capacidad de preguntarse de dónde ha salido y cómo, y hacia dónde va y para qué. Analizamos nuestros sentimientos y tratamos con desesperación de encontrarles sentido; pero en el fondo de todo siempre yace la ley cósmica del deseo del placer. ¿Qué es, si no, el mito de Dios? Además de una figura moral, un lugar donde el dolor no existe, sólo el placer. El bienestar eterno.

Me preguntas si me desespero. No, sólo que ya no tengo nada que hacer aquí. Sólo recordando la vida no se puede vivir. Tiene que haber un equilibrio entre el cuerpo y la mente. Si uno de los dos falla, falla el mismo proyecto que la vida ideó. ¿De qué sirve que se conserven en la memoria intactos todos los sentimientos, fantasías y pasiones intrínsecas a todo ser humano, si sólo sirven para atormentarme con deseos que jamás se podrán realizar? No es desesperación. Es lógica racional. La idea de la muerte en estas circunstancias es más que un simple deseo de separarse de la vida. Es el deseo de terminar una existencia que no encaja dentro de las leyes de mi razón.

No hay belleza posible, porque no queda esperanza. Y cuando a la vida no le queda belleza, nos ofrece la muerte, la poesía del sueño que busca la razón. No hay que darle más vueltas. El ser humano no acepta su mortalidad porque la ley universal del miedo a la muerte no se lo permite. Una persona puede sobrevivir con la ayuda de sus semejantes. Puede y debe ser así, si él solicita su ayuda. Pero, cuando uno no puede sobrevivir por sus propios medios, y solicita ayuda de los demás, los demás deben prestarle esa ayuda que él solicita, no la que los demás quieran darle de acuerdo con sus prejuicios morales.

Pienso que la existencia de Dios es una deducción lógica de la capacidad racional de la especie humana, pero es una deducción errónea. Es lógica en su tiempo, pero queda superada por el paso siguiente en el proceso evolutivo de la especie. Ese paso siguiente es la razón científica y el conocimiento de las leyes del equilibrio universal.

El individuo en sus primeros diálogos con la naturaleza y los fenómenos que lo impresionan y atemorizan llega a una conclusión —lógica para un ser místico y supersticioso—: que tiene que existir una ley, un principio, un ser creador de algo tan incomprensible para él como es la vida y el universo.

La confusión se crea cuando los brujos creen interpretar en sus delirios la voluntad del principio creador.

Cuando se debate el derecho de la persona a terminar su vida, siempre aparecen en la escena los médicos —menos en tu reportaje— y siempre repiten la misma irracionalidad: nosotros estamos para salvar vidas.

Los médicos no salvan vidas. Reparan accidentes o curan enfermedades, y esperan, como lógica consecuencia, prolongar la vida un poco más de tiempo. Pero, cuando no se puede reparar el accidente o curar la enfermedad, su autoridad moral o sus juicios de valor sobre cómo y cuándo una persona puede terminar su vida, su influencia sobre las decisiones judiciales o sobre la conciencia de los legisladores no debería tener más peso que las mías —en este caso— o las de otro ciudadano cualquiera que reclame el derecho a su muerte.

La otra casta es la de los curas. Ellos dicen que son salvadores de almas.

Todas esas castas que detentan el poder de controlar a los más débiles —o menos brutales—, cuando se dieron cuenta que la astucia servía para montarse a lomos de otro bicho viviente, acabaron esclavizándonos a todos en nombre del progreso, del bien colectivo, de la patria o de Dios.

Yo soy un ser biológicamente vivo a partir de un punto concreto en que la ley universal del placer me puso en movimiento. A partir del amor de mis padres.

Nací el 5 de enero de 1943. La vida, tal vez, no sea más que un cúmulo de casualidades. Según recuerdo, vagamente, creo que le había cogido gusto al estudio pero, cuando comenzaba a disfrutar con el placer de la comprensión lógica de las matemáticas y de la letra escrita, me lo cortaron en seco. Un día me acerqué a la mesa del maestro para hacerle una pregunta sobre una duda que tenía; él, sin más ni más, cogió una vara y me descargó un palo tan fuerte en la cabeza que me abrió una brecha cuya herida comenzó a sangrar abundantemente. Después el maestro volvió a su postura inicial con la cabeza entre las manos. Yo me retiré a la mesa, tapándome la herida hasta que dejó de sangrar. Allí acabó mi curiosidad. Nunca más intenté que me resolviera alguna duda aquel maestro. A los dieciocho años volví a interesarme por los quebrados —como se llamaban entonces— con la ayuda de un amigo, porque los necesitaba para el cálculo de ciertas funciones relacionadas con mi oficio de mecánico.

Recuerdo que, entre los ocho y los diez años, mis padres me preguntaban si quería estudiar para cura, influenciados por los consejos de una tía mía muy beata. Yo me enfurruñaba ante la espantosa idea de verme vestido con aquellas sotanas, y mi única respuesta era: «*¡eu non quero ser cura!*» —yo no quiero ser cura—. También pensaba que si me metía a cura no podría casarme. Ya conocía unos juegos con las niñas —alguna, claro—, juegos que sabíamos que estaban absolutamente prohibidos para aquellos bichos raros vestidos con sotana.

Cuando comencé a leer por mi cuenta, después del accidente, me convertí a la religión de los modernos profetas, los profetas de la razón científica. Y los maestros del racionalismo me sedujeron, me convencieron de que pensar es una forma de orar —de humanizarme— más efectiva.

Lo asombroso para la razón humana es la belleza de la vida en sí misma. Eso es lo que nos impulsa a amarla. No por el poder que tenga el personaje, la fuerza o el principio creador. Con lo poco que conocemos del origen de la materia y de los secretos que quedan aún por desvelar sobre los procesos físico-químicos, como determinantes para la formación de seres vivos, a mi razón le parece más lógica, más creíble, la idea de que la materia lleve en sí misma la capacidad de poder evolucionar con inteligencia, por medio de estímulos físico-químicos, hasta llegar a hacerse racional.

Mi creencia en la materia racional por el proceso evolutivo es tan sagrada como la de aquellos que creen en su existencia debido a la caprichosa voluntad de un dios. Los creyentes en la palabra de los profetas antiguos dirán que mis razonamientos son una mezcla de mística alucinación y sofismas disparatados. ¡Cierto!, pero mi locura es tan respetable como la suya.

Pero, ¿cómo me entiendo?

1.º   Todo ser humano debe ser considerado como un fin en sí mismo (Kant).

2.º   Lo sagrado no es la vida de ese ser humano, sino que lo sagrado es el derecho del ser humano a vivir o morir de acuerdo con sus principios, o conceptos éticos y morales de la dignidad y la libertad.

3.º Obra de tal manera que la máxima de tu voluntad pueda valer siempre y al mismo tiempo como principio de una legislación universal (Kant).

4.º Prefiero padecer la injusticia antes que cometerla (Sócrates).

Mi incapacidad física me causa un sufrimiento del que no puedo liberarme. Eso me causa una humillación que mi concepto de la dignidad no admite. ¿Quién me causa esta humillación? La vida, la circunstancia. No es dios, ni su voluntad porque yo no la creo. Pero en un informe que pidió el Ministerio de Asuntos Sociales a no sé qué consejeros, o autoridades sobre el tema de la eutanasia, el portavoz de dicho consejo dice que no se puede saber cuándo un sufrimiento es o no insoportable. ¿Cómo pueden juzgar entonces? Pienso que todo fenómeno tiene una génesis muy simple: cuando el animal racional (humano) descubrió la forma de dominar a todas las demás especies incluyó en ese dominio a sus propios hijos, los esclavizó. Fue expulsando a los que iban sobrando —el mito de Caín—. Hoy son tantos los hijos expulsados de todos sus paraísos... Tantos son los que sobran para mano de obra barata. Siervos que se han convertido en la plaga de la explosión demográfica, la superpoblación. Son los parias de todo el universo. Parece que no son hijos de nadie, ni siquiera de dios. Son los miserables que reivindican la tierra de la que fueron expulsados por sus padres. Y las religiones los entretienen con la promesa de que hallarán la justicia a todas sus humillaciones después de la muerte. «¡Ellos heredarán el cielo!»

Dios no es más que la representación de aquel padre dominante y astuto explotador del miedo de sus hijos para domesticarlos a su voluntad.

¿Y de la religión? Era antaño lo que son hoy en día los psicólogos del sistema estatal de salud: convencen a los hijos del poderoso sultán, patriarca o patrón para que se sometan a la autoridad suprema del señor.

¿Y de la confesión? Pues es el sistema policial y de espionaje más perfecto que ningún otro posterior: si se conoce el alma —los verdaderos sentimientos del individuo— se tiene la mejor forma de dominarlo.

En resumen, te preguntarás qué quiero decir con tanta palabrería. ¿Quiero decir que dios, Estado y religión son cosas absurdas? No. Lo que quiero decir es que los mitos y sus creadores persisten en mantenerse en el error demasiado tiempo. Quieren que no se pueda volver hacia atrás en la historia, pero persisten en imponer unas culturas sobre las otras con el sofisma de la civilización.

Si alguien me quiere, me ama y me respeta, que me preste la ayuda que yo le pida, que me ame con el respeto que yo le solicito. Si no es así, será una violación de mis principios, de mi personalidad, de mis creencias, de mi dios. Lo mejor será aquello que yo amo y comprendo. Y lo mejor que todo ser humano —y no humano— comprende es el amor. Y el amor es dar como dan el sol, el agua, la mar y el aire. ¿Dios? ¿La naturaleza? No piden nada a cambio. Sólo el equilibrio. No hay error o crimen más atroz que negarle a una persona el derecho de poner fin a su vida para terminar un sufrimiento incurable. Esos mismos que prohíben contemplan indiferentes cómo mueren millones de seres humanos de hambre y miseria, o cómo le dan armas, cada uno al bando al que pertenece su religión, para que se masacren en guerras repugnantes en defensa de su dios, de su cultura, de su religión.

Cuando sus razonamientos no nos convencen, que prevalezca nuestra voluntad de abandonar la vida para curar nuestro sufrimiento. Ésa es la verdadera forma de mostrarle amor y respeto a la vida y al ser humano. Sin pedir nada a cambio. Así nos aman el sol, la tierra, la mar, el agua y el aire. En nombre de su dios.

DEL MAL
(Y DEL CRISTIANISMO)

Querida Dina...

Tú confías en dios. Yo en el pensamiento.

Lo paradójico es que Dina no se considera obsesionada ni fanática de nada. Dina no cree que la vida haya comenzado en el fondo del mar, que fue uno en el principio y se hizo diversidad. Dina prefiere la hipótesis de que proviene de una costilla de Adán. Todo sufrimiento irracional es una tiranía, así como toda tiranía causa un sufrimiento irracional e injusto. Jesús no vino a liberar al mundo del sufrimiento sino a decirles a los predicadores que liberen al mundo del sufrimiento que causan. ¡Como hace todo bien nacido hoy en día! Jesús es un idealista, pacifista y noble, pero la historia la cuentan los pícaros como a ellos les interesa. Jesús defiende la dignidad y la libertad del ser humano, pero su idealismo fue utilizado por quienes se aprovechan de toda idea, de todo conocimiento que pueda servirles para dominar. De la noble idea de Jesús, inventaron los pícaros una secta distinta, una religión más, un poder totalitario y dominador más. Jesús enseñó muchas cosas, entre ellas a superar el terror a la muerte y al dolor, a no dejarse dominar por las amenazas del poderoso. Esos dos temores, no racionalizados ni superados culturalmente, son el arma más eficaz que poseen los tiranos de todo tipo para esclavizar al ser humano con la amenaza de la tortura o la muerte si no se somete a su autoridad.

Jesús murió por rebelarse contra la crueldad política y religiosa de su tiempo. Los pícaros aprovecharon su ley para eliminarlo y crear con la idea cristiana otra tiranía, otra esclavitud. Asesinan en su nombre a revolucionarios nobles, que se rebelan contra la injusticia y la corrupción de cualquier poder.

Cuando se mata a un Jesús de Nazaret cualquiera siempre se mata al hijo de dios, porque se mata la idea, la libertad del pensamiento. Siempre se mata al hijo de un dios, se mata al mismo dios, cuando se mata la conciencia ética de un ser humano que se rebela contra la injusticia y el sufrimiento que provoca cualquier tiranía. ¡Dios es mi conciencia! ¡Dios es la conciencia de cada ser humano justo, noble y bueno!

CREDO

Creo en el dios hombre todopoderoso...
el que no se humilla jamás a rezar.
Entregar el orgullo no es ser generoso,
pues todo el que se humilla aprende a humillar.

Un hombre sin miedo, que no se arrodille,
ése es el hombre en quien quiero creer,
que no domine a nadie, ni nadie lo domine,
que tan sólo sea ser hombre lo que quiera ser.

Creo en ese dios, porque ese hombre
por ser hombre será un dios mortal.
Y estará, por honor a su nombre de hombre,
por encima del miedo, de la muerte y del mal.

Creo en el dios hombre tan orgulloso
como el más poderoso dios inmortal,
el que les hable a los dioses, y a los poderosos,
con dignidad de hombre, de igual a igual.

No pienses que me refiero a ti, hombre mezquino;
tú que eres poderoso porque eres usurero,
ladrón, mentiroso, despótico y brutal,
tú que quieres convencerme de que tu autoridad
    es necesaria y justa
porque te has convertido —por ser razonador—
en un astuto, hipócrita y pícaro inmoral.

Yo creo en el dios hombre todopoderoso
que sea hombre, dios, planta y animal.
Ésa es mi trinidad, mi verdadero credo:
una mujer y un hombre, idea racional.

EL BUSCADOR
(SAMARITANA)

No me digas que no sé lo que busco, porque sí lo sé, mujer. Yo busco mi equilibrio, que no puede ser tu equilibrio.

No te engañes a ti misma. Tú sí estás perdida. Tú sí tienes miedo.

Por eso llamas a tu padre, para que te libere del temor a todo lo desconocido, a todo lo oscuro (tú buscas un dios protector).

Tú no quieres morirte, por eso quieres que alguien te asegure que ese deseo se puede cumplir. Si eres inmortal, sólo tu conciencia podrá garantizártelo.

Yo no quiero estar seguro de nada. Quiero la sorpresa, la aventura. Quiero hacer el camino sin que el itinerario esté marcado y previsto de antemano. No quiero ser rebaño. Soy marinero, y en la mar, como en la vida, no están marcados los senderos.

Siempre nos podemos inventar otro cuento, otro génesis, otro dios.

Yo no busco a dios, amiga, no lo necesito. Sólo busco algo nuevo, algo mejor. Porque este paisaje no me gusta; es rutinario, triste y monótono. Aunque me asegures que es de tu dios, tampoco me gusta.

No me digas, pues, que lo busco. Eso es mentira. O, por lo menos, es un gran error. Yo te buscaba a ti desde el principio, desde el origen mismo, para encontrar en un abrazo el equilibrio nuestro: ser yo tu dios, tú ser el mío. Rezarnos y adorarnos mutuamente cuando tengamos miedo a la vida, miedo a la muerte, miedo al amor.

¡Samaritana, yo te buscaba a ti, no a dios!

CUENTO PARA UNA ADOLESCENTE

Querida María Xosé:

En una de tus cartas decías que entendías bastante poco el barullo ideológico que observas entre la especie humana.

Quien no entiende —o no cree— en las leyes de la evolución nunca llegará a amar y comprender la vida, porque no se conocerá a sí mismo.

Según la ciencia, en un instante determinado de la historia del planeta Tierra, la unión de unos átomos compatibles entre sí dio origen al primer ser viviente.

El acontecimiento sucedió en el fondo del mar.

Hoy se le llama boda o matrimonio a ese ritual. Basta que se dé la circunstancia precisa para que todo deseo y voluntad compatibles sean realizables. Como te pasará a ti cuando te enamores y te emparejes con un chico. Para que el enlace sea posible, tendrán que ser compatibles vuestros deseos y voluntades.

Se podría deducir entonces que esa compatibilidad atómica del principio es una forma de inteligencia que posee la materia, o al menos ciertos átomos. ¿Por qué somos entonces racionales?

HIPÓTESIS: Después del primer apareamiento material, los hijos de la vida se dispersaron en todas direcciones a través de los mares. Cada uno de ellos es —y seguimos siendo— como una cámara fotográfica en la que van quedando impresas todas las sensaciones percibidas a través de los sentidos. Este principio es una ley universal para todo ser viviente.

Esa materia inteligente va elaborando información y creando sus órganos específicos.

Imagínate que discurriésemos un grupo de personas por un mismo camino durante un tiempo y, al final, se nos pidiese hacer una detallada historia de lo que habíamos visto y de qué modo los colores, sonidos y aromas se habían quedado grabados en nuestras respectivas memorias. Seguro que cada uno de nosotros daría una versión diferente de las demás. Todo ser viviente es un experto en economía vital. Cada uno se adaptó al medio según le convino, rechazando sistemáticamente el dolor desagradable. Buscando el máximo placer con el mínimo esfuerzo. Cada deseo creó su voluntad y cada voluntad proyectó sus órganos según sus deseos.

Un día estuve hablando con tu maestro Mario Clavel. Yo le explicaba que el pecado original consiste en la corrupción moral de la razón. Es decir, en el instante que el ser humano tomó conciencia de que era mortal y no quería ser devorado, torturado, dominado, esclavizado, al hacerles a los demás seres vivientes todo lo que él mismo rechaza, traicionó su propia conciencia. Cayó en el pecado de la incoherencia. Negó a sus hermanos de evolución. Se apartó de ellos, ignorando el dolor de los otros.

Tu maestro me hizo —con la actitud soberbia de quien tiene la respuesta hecha, el prejuicio— la siguiente pregunta: «¿Cuál es, según tú, la solución?» «No hay otra que la de corregir ese error», dije.

Tu maestro sigue tratando de justificar el sufrimiento como un deber moral. Es buena persona tu
maestro, sólo que está equivocado al pensar —o
creer— que el dolor del mundo se arregla hacién-
doles compañía a los sufridores.

Solamente con acompañarlo no se evita el dolor.

Si hemos evolucionado hasta llegar a ser racionales, sería absurdo que fuese con el fin de ser
eternamente sufridores, mientras esperamos que
un misterioso héroe venga a rescatarnos.

Somos racionales porque deseamos conocer-
nos a nosotros mismos.

Mientras el ser humano no se libere del paternalismo, no podrá liberarse de la tiranía de ningún sufrimiento porque siempre renacerá un falso, feroz y paternal profeta. La profecía es válida
mientras no se conozca un método más preciso
para conocer las leyes que rigen el universo y la
materia. ¡Tus maestros saben las respuestas, pero
no te las quieren dar!

Sólo cambiando una hipótesis salimos de un
error y comprendemos muchas cosas.

Un cariñoso saludo.

Querida Wilma:

He recibido la carta que me enviaste a través de *El País*.

Hermosa por su profundidad humana, aunque muy triste. Vaya paradoja, que alguien que desea la muerte pueda darle a otro motivos para vivir.

Empezaré con un pequeño poema que titulo «Mujer y Hombre»:

¡Hola, mujer!
¡Hola, hombre!
¿Qué haces ahí sentada?
Esperándote.
¿Para qué?
Para que siembres un hijo en mi vientre.
¿Y que harás con él cuando nazca?
Me lo llevaré a recorrer la tierra para que se lave
    de todo prejuicio.
Que sea nada más ni menos que un hombre o una
    mujer:
sin patria, sin raza, sin dios y sin fe.
¿Y después?
Si es una mujer se sentará a esperar a un hombre,
y si es un hombre se sentará a esperar a una
    mujer.

Sin pedirse nada más que un hijo, para enseñarlo
   sobre la tierra
a ser libre y a querer.

Yo en tu lugar tendría todos los motivos para
vivir. Pero, claro, yo no me hallo en tu circunstancia. Además, yo soy hombre y tú mujer. Yo sólo
quiero ser libre para querer. No quiero tener nada
mío que algún día pudiera lamentar haber perdido. No es lo mismo participar en hacer un hijo que
parirlo.

Para mí todos los hijos del mundo son míos. Si
no me aman, es porque me equivoqué al enseñar-
los a querer. Tal vez la ingratitud sea debida al
error de enseñar a los niños a que nos quieran y
no a querer. Pero la solución no es lamentarse y
echarse culpas sino buscar las causas y corregir
los errores.

Entiendo que tu vida —como la de todos— es la
consecuencia de un cúmulo de errores y prejuicios
que solamente podrás resolver cuando consigas liberarte de ellos. Cuando los arrojes de tu alma
como hacen los marinos en medio de la tormenta
que, si es preciso, arrojan la carga que lastra su barco y los desequilibra, para salvarse del naufragio.

No importa quién sea el culpable de nuestras
desdichas, nunca sirve de nada lamentarse. Lo
que fue ya no existe. Sólo nos queda el recurso de
comenzar de nuevo. Y si es necesario, seguir el
camino sin los hijos. Arroja su lastre, busca tu es-
tabilidad. Tú ya has hecho por ellos lo suficiente.
Búscate otros hijos, pero no para agarrarte a ellos
sino para salvarlos del naufragio —para enseñarles a querer—. Por el hecho de ser mujer todos los
hijos del mundo son tuyos. ¡No todos te pagarán
con ingratitud!

Me gustaría poder borrar todas las cicatrices que la estupidez humana deja en el alma de cualquier niño. Quisiera poder borrar de tu memoria la huella de aquel orfanato y las causas por las que fuiste a parar allí. Quisiera borrar la crueldad de aquellas maestras-monjas. Quisiera poder borrar todos tus fracasos y errores matrimoniales. Puede que todo eso sea lo que nos humaniza y nos capacita para comprenderlo y perdonarlo casi todo. Sin embargo, cuando escucho a alguien decir que no tiene amor, cariño y comprensión, me avergüenzo de los maestros. ¡Todos somos maestros!

Claro que los adultos también necesitamos afectos que nos den motivos para vivir. Aunque yo creo que es mejor buscar a alguien que necesite apoyarse en nosotros. En la gratitud de los que se apoyan hay una recompensa mayor que la de apoyarse. ¡El que da siempre es el más fuerte!

Cuando verdaderamente lo necesitamos, siempre hay alguien en quien apoyarnos. Pero, si sobrevivir depende del esfuerzo de otros, la vida puede resultar humillante. Sólo un ser inmoral disfrutará viajando a costa del esfuerzo de otros.

Dices que dispones de todo lo principal. Si es así, olvídate de todas las ingratitudes. Habla con tus hijos. No sé qué deberás contarles. No sé qué prejuicios llevan en sus almas. Ni quiénes son los adultos responsables de sus resentimientos, pero opino que si se les oculta la verdad a los niños acabarán repitiendo —igual que tú— que no tuvieron amor, cariño y comprensión. Tú tendrás la certeza de que no fue la verdad. Tú sabrás que los quisiste con toda el alma de madre. El error está en que ellos nunca lo entendieron.

¡Qué importa quién es el culpable, tu motivo para vivir es que no repitan algún día lo mismo que tú estás haciendo hoy!

Qué puedes hacer.

La verdad siempre la encontraremos dentro de nosotros mismos. La verdad es la que nos hace libres.

Si no consigues recuperar esos afectos en cuya creación pusiste todos tus anhelos de mujer, libérate de ellos. No te quedes en el lamento estéril.

Sí, es triste la ingratitud humana, pero, si te vence, habrás contribuido al triunfo de la crueldad en el mundo.

Siéntate. Escribe tu historia. Tal vez te lleve el resto de tu vida contarla, pero algún día la leerán tus hijos, tus maridos, tus padres, tus maestras u otro ser humano cualquiera que te haya conocido. Ése habrá sido un buen motivo para vivir. Tu vida habrá servido para revelar tu verdadera historia. Cuenta tu historia y comprenderán los necios que solamente buscabas por ese laberinto infernal construido de intolerancia y prejuicios un poco de gratitud, comprensión y cariño, igual que todo ser humano.

Dices que la vida ha sido injusta contigo. La vida nunca es injusta con el ser viviente porque su esencia es amoral. Las verdaderas causas de la injusticia radican en que la dicha de unos se construye sobre el sufrimiento de otros. Lo terrorífico es que los parásitos acaban convenciendo a las víctimas de que tienen el dolor que se merecen.

Aquel que, disfrutando de buena salud, se quede lamentando que no tiene motivos para vivir, está derrotado.

¿No ves tu contradicción, Wilma?

Si acusas a tus padres, parásitos, familiares, a dios o a la vida de tu infelicidad y luego te suicidas renunciando a la vida, esos a los que acusas habrán sido tus verdugos. No te habrá derrotado la vida, te habrán destruido la mezquindad y la crueldad de los necios.

Podría haberte escrito una carta más tierna, que llevase un poco de bálsamo a tus heridas. Pero tú me pides que te dé motivos para vivir, y no un hombro sobre el que llorar.

También te puedo dejar mi hombro y mi corazón de humano si lo necesitas, aunque para ese fin supongo que podrás encontrar alguno por ahí cerca.

El mal poema del principio quiere expresar la idea de que si dejasen más libre al ser humano tendería a la bondad. Comprendería mejor el dolor.

Recuerda a Sócrates: «Prefiero sufrir la injusticia antes que cometerla.»

¡Qué poco caso le han hecho sus discípulos!

Recibe un abrazo y un beso muy fuertes.

LA PRIMA VERA

Esa palabra cursi con nombre de parienta. Esa vieja señora vestida de flores y remiendos verdes, un poco hortera. No entiendo por qué despiertan tanto entusiasmo, tantas pasiones, haciendo año tras año sus travesías sobre la tierra.

¿A qué se debe tanto agasajo, tanto entusiasmo y regocijo por su venida, cuando son sus visitas trucos de magia de una alcahueta vieja y astuta, creando un espejismo con la expansión del pulso de la vida?

Todo bicho se pone caliente y rojo con su llegada: un cachondeo.

Toda bicha se siente de igual manera. ¡Y así la orgía ya está servida!

Toda hembra se queda de amor preñada cuando le pasan las calenturas. Y si hay fortuna, algunas de ellas darán las gracias cuando se vean reproducidas —recién paridas—. En cambio, otras saldrán del trance, del espejismo, eternamente arrepentidas de haber gozado por unas horas para sufrir las consecuencias toda su vida. Por acceder a los manejos de la primita, cuánta hembra sale del espejismo más bien jodida.

¿Y los machitos? Después del cachondeo, a trabajar. Defendiendo su hembra, defendiendo su honra, su propiedad. Hasta el año que viene, y si es necesario hasta la eternidad.

Cuando pasa el calor y la tierra se enfría. Cuando ya se contrae el pulso de la vida. Se marcha la parienta que estuvo de visita, dejando tras de sí una enorme parida de placer y dolor, de llantos y de risas: el fruto de la vida.

Pero nunca escarmienta la ingenua vida. Siempre tropieza en la misma piedra. Pues volverán a quedarse bichas y bichos embobaditos cuando regrese el próximo año a hipnotizarlos y armar su orgía la prima hortera.

Y dirán todos y todas con alborozo desmesurado: ¡Uy, qué bonita, la prima Vera!

PREFIERO A LA OTRA

No me vendo, vida, por tan poco placer;
es tan despreciable el amor que me das,
tu mezquindad me ha vuelto orgulloso,
prefiero dejarte, esperaba de ti más generosidad.

La muerte es mi amiga, la quiero y la respeto,
no importa que me la nombres de negro,
espantosa y fría. Lo que queremos y deseamos
siempre parece hermoso a nuestro mirar.

Si os comparo en hermosura,
esa señora que tú me muestras tan horrorosa
me gusta más.

Mezquina vida, no me convencen tus malas artes
porque la llames fea, horrorosa, a tu rival.
Ella es la otra, la que yo quiero, la deseada.
Me voy con ella, quiero librarme de tus cadenas,
de tus mazmorras, de tus hedores.
¡No te soporto, me hueles mal!

No me impresionan tus artimañas de
    embaucadora.
No soy un niño al que consigas
con espantosos cuentos de miedo hacer temblar.
¿De qué te sirve que tus lacayos me tengan preso
    y encadenado?
¡No te deseo, ni volveré a desearte nunca jamás!

Amiga mía, tú que algún día tanto me amaste,
y de belleza tanto me hablaste,
déjame libre de tus cadenas
y no permitas que tu venganza llegue al final.

Querida Aurora:

¡Acabáramos! ¡Habérmelo dicho antes! No he respondido a tus amables misivas porque creía que andabas en buenas compañías: ser comedianta y universitaria parecíame garantía suficiente para ser un miembro de la especie humana al que se puede considerar equilibrado. Pero hoy me he llevado un sobresalto al saber que te dejas aconsejar por un psiquiatra.

¿Cómo es posible que andes en semejantes compañías? ¿No conoces el refrán de... «dime con quién andas...»? ¿Ya no distingues a los verdaderamente locos de los cuerdos? ¿Quiénes fueron primero, los psiquiatras o los locos?

Me haces seis preguntas.

La primera es si miro el paisaje a través de mi ventana.

Sí, lo miro. Lo abrazo. Lo escucho, y oigo sus cantos, su música, sus silencios. Éramos —en mi niñez— inseparables compañeros de juegos. Hoy me sigue invitando a salir a jugar todos los días haciéndome guiños a través de la ventana. Para persuadirme, me recuerda aquel roble centenario que, como un paciente abuelo, me dejaba subir por sus ramas hasta alcanzar la copa, y desde allí podía ver algo mágico para un niño: el mundo desde arriba. Yo le respondo que no puedo. Pero él insiste. Me nombra las fuentes, el río, las truchas y el perro *Pistón*, nuestro eterno compañero de juegos. Le pregunto por el roble. Se le nota muy triste. Me responde que lo asesinaron con una sierra mecánica. Decían sus verdugos que no era lucrativo porque crece muy despacio. Sí, contemplo el paisaje y me indigno contra todos sus violadores, pirómanos y demás asesinos que por él andan sueltos. Lo amo. Lo contemplo y me siento su hermano. Hasta me imagino savia y alimento, materia descompuesta, ¿me sigues, comedianta?

Segunda. ¿Ves la televisión?
La veo. La observo. La escucho, la contemplo. Es un inmenso telescopio, y microscopio al mismo tiempo. Me parece que puede penetrar la misma materia para observar la vida, los cuerpos y las almas, y el universo, el todo y la nada. Es un perfecto proyector de la mente humana. Pero, como siempre, los pícaros se han apoderado de ella y la han convertido en un espejo para reflejarse. Eso sí, sólo reflejan de sí mismos lo que les interesa para que el rebaño les aplauda.

Tercera. ¿Hablas con la gente que va a verte?
Les hablo. Los escucho. ¡No los abrazo porque no puedo! Los observo y los contemplo. Ya te dije que estoy loco, hasta los quiero y los amo a todos, más a los locos, claro, porque son más frágiles y necesitan mayores cuidados.

Cuarta. ¿Escribes mucho?
Muy poco. Tengo mucho pudor. Es tan difícil decir algo original. Exacto, bello, verdadero y sensato. Sólo me decido a hacerlo cuando encuentro

alguien tan loco como yo porque sé que me entenderá mejor. En esta ocasión te he elegido a ti. Además, me duelen los dientes al hacerlo, y me aburro. Me obligo a escribir un poquito cada día, por si llego a saber por qué, como a ti, a veces también me dan ganas de llorar y otras de reír. De este modo evito encontrarme con las malas compañías de los psiquiatras.

Quinta. ¿Hablas con tu familia?

¿Es posible no hacerlo? Si quieres conocerte a ti mismo-a, tienes que mirarte en ese espejo. Los locos tenemos la manía de hablar con nosotros mismos. Además, dicen que la especie esta, a la que pertenecemos, forma una familia. Lo triste es que aquellos que más lo aseguran parece que son los que menos se lo creen, o más dudan de que así sea.

Sexta. ¿Cómo es la gente, el ser humano?

Son unos bichos entretenidos. Parece que tratan desesperadamente de devorarse a sí mismos. Se alimentan de dolor. Me parecen unos seres voraces que van comiendo el rabo de una madre que tiene la facultad de regenerarse, pero ellos van más deprisa y no le dan tiempo.

Es curioso verlos discutir si deben o no seguir comiendo. Pero también es triste contemplarlos, a unos presos y a otros sueltos, casi todos atemorizados. Llevan tanto tiempo esclavizados que ya perdieron su dignidad. Entregaron su conciencia a los héroes, a los dioses, a los pícaros. Se olvidaron que cada uno de ellos es un héroe, un dios, y un soberano. Cuando se les pregunta si quieren ser dueños de sí mismos, la mayoría dice que sí, pero lo dicen con temor. No se ponen en pie para reclamar ese derecho. Se quedan eternamente arrodillados. No se atreven a pensar, como les aconsejan los verdaderos maestros.

Me parece que se encerraron en sus cercados de inteligencia y astucia para protegerse de ser comidos y acabaron siendo prisioneros de sus propios miedos.

¿No entiendes nada de lo que te escribo? Pues no haberle preguntado a un loco tantas cosas sobre la condición humana.

Cuéntame, querida Aurora, cómo amas tú la vida, el amor y la muerte. Tú, que me haces preguntas propias de ese amigo tuyo psiquiatra que te dice que vas mejorando.

No digas nunca... ¡Sea lo que Dios quiera! Tú serás lo que quieras ser.

Pregúntate de qué, o de quién eres esclava. Cuando lo sepas, escapa del redil y no temas adentrarte por cualquier lugar desconocido. Si no le tienes miedo a nada ni a nadie, seguro que cuando tengas ganas de reír o llorar entenderás las causas.

Yo también te mando un fuerte abrazo, y muchos besos.

Amiga Joni:

He recibido tu libro autobiográfico y la carta con fecha 20-1-1995. Gracias por ambas cosas.

No sé cuál pueda ser la opinión que tú tienes sobre mi estado emocional, y de cuál es el grado de depresión o frustración de las que hablas, y supones que estoy soportando.

Me creo una persona bastante equilibrada: no me dejo llevar por la desesperación para no deprimirme. Tampoco deseo más de lo que poseo, ni le ruego a dios para no sentirme frustrado. ¡Los dioses nunca han podido —ni pueden— hacer nada por los seres humanos! Evitar el dolor del mundo es responsabilidad del hombre. Y como mi dolor va unido a mi circunstancia, reclamo para mí la parte de responsabilidad que me corresponde.

En estos últimos tiempos me han propuesto diversas alternativas personas bien intencionadas, al parecer como tú, con el propósito de prestarme ayuda y consuelo para vivir. En el instante que tomo un camino que considero el más adecuado, aparecen todo tipo de seducciones, amenazas y descalificaciones para que desista de seguir por él.

Me siento tratado como el niño que llora y al que todos quieren distraer para calmarlo, y así, al entretenerse con cuentos y cosas pueda encontrarle sentido y valor a lo poquito que me queda de vida y deje de molestar.

Sin embargo, yo no estoy llorando. Tampoco soy un niño seducible.

A los que me ofrecen cosas, les doy sinceramente las gracias por el valor que las cosas tienen en sí, y por el trabajo que es necesario realizar para comprarlas. Sé que es una forma de amor solidario y humano.

A los que me proponen alternativas vitales o espirituales, también les muestro mi gratitud, pero sepan que sus esfuerzos son estériles. No me interesa alternativa alguna excepto la de recuperar el movimiento y la sensibilidad de mi cuerpo. Ya no soy niño, y no siento angustias ni miedos ante la oscuridad, la soledad o el silencio. Mi sufrimiento es la falta de libertad, y la libertad no puede ser sustituida por cosas o cuentos. La libertad es el equilibrio psicológico de saber que podemos hacer todo lo que deseamos, y hacerlo por nosotros mismos.

Tú sabes que quien pierde la sensibilidad y el movimiento de su cuerpo pierde toda esperanza de libertad, no se la puede recuperar tocando sonajeros. La libertad del movimiento es la ley a la que está sometida toda la materia universal. La libertad, junto con el amor, es la justicia de la vida.

Un cuerpo sin su mente regidora no puede sobrevivir. Y una mente sin un cuerpo que le obedezca, tampoco.

Un tetrapléjico es un cerebro sin cuerpo. Sólo si no crees en un equilibrio después de la vida, te resignas a ese infierno. ¿A qué se debe entonces tanta inquietud en los demás individuos porque una persona quiera terminar su tiempo de vida desde el momento en que pierde una de sus partes esenciales?

Por miedo a la muerte. Y por un falso concepto del derecho a la vida, considerada como un bien abstracto que las castas religiosas, políticas y jurídicas con toda su eficacia filosófica y represora controlan.

¿Por qué hay personas que se resignan a sobrevivir cuando no pueden vivir por sí mismas?

Comprendo a los que prefieren someterse a la voluntad del padre, o a la picaresca del derecho: ¡cada cual se autoengaña como puede! Comprendo a los que no quieren morirse y transforman el instinto de supervivencia en un culto a la negación de la mortalidad sublimando el sufrimiento. Lo que no comprendo ni disculpo es a los que quieren justificar que el ser humano lo es en función del interés colectivo o de ninguna otra ejemplaridad.

El temor sublimado como entretenimiento cultural, mágico, mitológico, trágico, se ha psicopatizado y convertido en un terror irracional fácilmente manipulable por cualquier tipo de poder.

¿Por qué sentir temor a cambiar de la conciencia a la inconsciencia, cuando este paso no es más que un cambio de estado de la materia?

Aún no se ha dado sentido a la muerte. Aún no se la ha humanizado y racionalizado.

¿Por qué sentimos entonces temor?

Porque desconocemos.

El derecho a la vida como un bien abstracto y además irrenunciable es una incoherencia, Joni.

La vida sólo es vida racional mientras sea placentero y voluntario el hecho de vivirla. No hay acto más cruel que el de prohibirle a una persona el derecho a liberarse de sus sufrimientos, aunque ello lleve consigo ayudarle a morir.

¿Qué clase de libertad es aquella en la que la persona no puede actuar de acuerdo con sus ideas, mientras éstas no afecten a nadie más que a sí mismo?

La falta de libertad y de movimiento es como estar muerto y ser consciente del hecho.

Si el ser humano vive racionalmente, también debe morir racionalmente.

El pensamiento sin cuerpo es el desequilibrio absoluto, es la negación de la voluntad. Las leyes de la vida no admiten el caos. La naturaleza no admite la separación entre lo físico y lo psíquico.

Por ley natural, yo debería haber muerto hace veinticinco años, cuando perdí el movimiento del cuerpo. Sin embargo la razón de la medicina, interpretando sus propios miedos y supersticiones, se empeña en llamar vida a una forma de supervivencia artificial e involuntaria. El derecho, entonces, no protege la vida sino la ética médica y las voluntades de todos aquellos interesados en que esa ley y esa norma represora se mantengan en vigor.

Si el individuo es utilizado por las religiones, el Estado o la familia en función del interés colectivo, cuando el interés individual necesite de la ayuda de esos grupos, en reciprocidad sería absurdo negársela con el pretexto de que no está legislado y tolerado por intereses del grupo o por mensajes bíblicos.

Si pedimos libertad para vivir, amar y morir, cuando somos adultos dénsenos libertad, no consejos, cosas y cuentos, alternativas que sólo son imposiciones morales. No manipulemos el miedo para que los niños hagan lo que queremos los mayores.

He visto la película que te han hecho. Aparte de tu admirable habilidad para pintar con la boca, lo que destaca es el poder de persuasión proyectado desde la ciencia bíblica y la psicológica sobre el personaje. Yo no veo que tú halles en Cristo la fuerza que necesitas para sobrevivir, como afirmas. Lo que sí observo es que se te impone esa forma de autoengaño por especialistas en manipulación psicológica. Está muy bien esa clase de ayuda, siempre que seas tú quien la pida porque deseas verdaderamente ser una tetrapléjica el resto de tu vida. Me gustaría saber si eso es así, pues en dicha película creo que deseabas encontrar algo mejor.

Si toda la autoridad y ciencia que poseen consiste en persuadir a personas como tú y yo a sobrevivir en el infierno hasta que se acostumbren a él, me parece una conducta propia de sádicos. Eso es pura manipulación psicológica del temor.

Respecto a la fuerza que dices hallar en Cristo para soportar la adversidad, es natural en un creyente. ¡Gracias por ofrecerte a compartir conmigo las claves de tu fuerza para sobrevivir, pero yo no las comparto!

Sobrevivir en circunstancias donde hay que buscar fuerzas fuera de uno mismo es un síntoma de debilidad más que de fortaleza. La fortaleza o los recursos psicológicos siempre debemos hallarlos dentro de nosotros mismos.

Joni, los técnicos en psiquiatría, psicología, teología y otras «logías» mienten sobre muchas cosas, o al menos adoptan la actitud pedante y vanidosa de aparentar conocer más de lo que verdaderamente conocen.

Quiero que entiendas que no soy una persona depresiva, desesperada o frustrada. Pero tampoco quiero ponerme una barrera psicológica que me impida ver la realidad de mi circunstancia. Ya soy mayor, y sé juzgar cuál es el sentido y valor de la vida, y mi relación con un proceso evolutivo, cultural, sociológico y personal.

No podemos ser racionales para vivir, y transformarnos en irracionales cuando el dolor es insoportable —o inexplicable.

A veces las personas supuestamente maduras nos comportamos como niños, simplemente escuchamos aquello que queremos oír.

No nos engañemos, Joni: al principio todo tetrapléjico desea la muerte. Este deseo también se refleja en tu película.

¿Por qué se cambia de idea?

No se cambia de forma de sentir, lo que se modifica es la categoría del temor. En los primeros tiempos el temor al dolor ocupa el primer lugar. Después de que te acostumbras a él, el temor a la muerte pasa a ocupar el primer plano. El miedo a un lugar del que siempre nos han hablado como un mundo tenebroso y terrorífico al que no se puede acceder voluntariamente, so pena de sufrir eterno castigo, se impone a toda razón.

Yo considero que no es más digna de ejemplaridad tu aceptación de las dificultades que la voluntad mía de que nadie me imponga el deber de soportarlas.

Cristo es la conciencia de la persona. Y en esa conciencia es donde debemos conseguir la fuerza para sobrevivir.

Humanizarnos es racionalizar nuestra propia existencia.

Aceptar nuestra propia vida depende exclusivamente de nosotros mismos.

Nuestros conceptos son opuestos. Tú buscas fuera de ti la fuerza para soportar el dolor. Yo hallo en mí la fuerza para liberarme de él, sólo pido que me dejen hacerlo a mi manera.

Cuando la persona ocupa el lugar de dios, ella

misma se considera capacitada para evitar el dolor obrando según su libre albedrío.

Yo te pregunto, ¿quieres ser tetrapléjica?

Si dices que sí, ya tienes la alternativa que deseas, ya estás en el lugar en que deseas estar.

Si la respuesta es negativa, ¿puedes explicarme por qué te sientes obligada a serlo?

Sería absurdo que dijeses que es la voluntad de dios. Tendrías que aceptar que ese dios es cruel y despiadado contigo. Si hemos sido creados absolutamente libres, seremos libres de hacer todo aquello que queremos y en el momento preciso.

Puedes argumentar, como hacen tus maestros, que Dios no quiere tu sufrimiento pero lo permite. Sin embargo, este argumento es tan absurdo que sólo quien desea ser engañado lo acepta. Hay circunstancias en las que las personas sobreviven gracias al apoyo técnico de la medicina y demás ayudas humanas. Si la persona no puede sobrevivir por sí misma, y además no es esa su voluntad, no es que dios permita el sufrimiento, lo que estará permitiendo será la libertad de ejercer la medicina y la de hacer apología del sufrimiento como ejemplaridad moral. Si dios permitiese el sufrimiento también permitiría que la persona ejerciera su libertad de renunciar a él.

Consolarse con que el sufrimiento es un instante en la escala cósmica y buscar en Cristo la fuerza que necesitas para soportarlo me parece el peor de los trastornos psicológicos.

En nombre de Cristo, se podría justificar con más coherencia la eutanasia voluntaria, como una forma de emular al mito, renunciando a la vida para evitar el dolor, que soportando el dolor para conservar una vida miserable.

La eterna lucha entre la razón y la creencia me parece la pelea entre dos mitos. Uno trata de retener el tiempo y el otro trata de seguirlo. El nuevo mito le muestra al viejo sus errores reflejados sobre el espejo de la humanidad. El mito viejo ve cómo se reflejan la miseria, el dolor, la tortura, la esclavitud, la masacre disfrazada de tradición y cultura, pero se niega a rectificarlos. El sufrimiento se ha convertido en su alimento espiritual.

La Biblia es un código moral de su tiempo. En España, Joni, el código ético y moral que rige nuestra convivencia es una biblia actualizada que proclama la libertad, justicia e igualdad entre todos los seres humanos (Constitución española).

Yo no busco la fuerza para vivir fuera de mí mismo. Y para alcanzar la categoría de ser humano hay que aprender a leer en el único libro que no miente porque no se expresa con palabras. Hay que aprender a leer en los ojos y en los gestos de cualquier ser viviente. Todo aquel que no se vea reflejado a sí mismo en ellos es un analfabeto en ciencia de la vida.

Y todo aquel que niegue el derecho a no sufrir no está capacitado para dar consejos.

Un sufrimiento siempre debe ser voluntario —me refiero a un sufrimiento incurable.

Querida Joni, después de la muerte siempre hay un lugar mejor para el que cree verdaderamente en él. Detrás del dolor incurable, siempre está el infierno.

Yo tengo dudas, pero no miedos. Por tanto, no sufro depresiones, frustraciones o desesperación como tú crees, o te han hecho creer aquellos que te han conseguido mis señas personales.

La muerte voluntaria es algo así como no saber nadar y tirarse a un río. El que cree que sabe nadar no se ahoga, se salva.

Un abrazo y un beso.

¡POR EL CAMINO ERRADO!

Yo te doy todo aquello que más amo y necesito,
mi sangre, mi hijo, mi mujer y mis átomos;
es tan sólo una forma de decirlo:
porque nada poseo quiero darte a entender
que deseo dártelo.

Yo me alegro si comes del pan que me da vida
y me alegro si yaces con la mujer que yo amo,
y gozaré si gozas bebiéndote mi sangre.
Y cantaré si te dan energía mis átomos.

Yo te amaré del todo cuando pueda nombrar
    el humano deseo,
yo gozo cuando gozas, y sufro cuando sufres,
tu acto es mi deseo, mi deseo es tu acto.
Porque te amo del todo, si tú quieres me muero.
Porque te amo del todo, si tú quieres te mato.
Sin pecado, sin culpa, sin cargo de conciencia,
basta que tú lo quieras para que sea bueno,
basta que yo lo haga, porque tú lo deseas,
para que sea humano.

Yo soy el superhombre, tan justo como un dios,
y soy, porque quiero ser justo, igual que un dios
    malvado,
yo busco mi equilibrio y en ti hallo mi centro,
y me doy como el sol sin pedir nada a cambio.

Pero te mataré si maltratas a un niño,
si desprecias a un viejo o asesinas a un pájaro;
porque te veo triste, soy violento en exceso;
porque nada deseo, soy en exceso manso;
porque te amo del todo, te doy cuanto poseo
por no sentir que soy ni bueno ni malvado.

Se ha oscurecido el cielo y comenzó a llover,
el trueno carraspea, se sonríe el relámpago,
parece que responde la natura al unísono.
Porque te amo del todo, yo también te doy todo
sin pedir nada a cambio.

Es mi sangre la lluvia, es mi energía el sol,
y mi alegría toda el canto de los pájaros.
No sé de quién hablaba, porque iba hablando,
    solo,
con la mirada absorta, el loco enamorado,
dicen que de la muerte, dicen que de la vida,
dicen que caminaba por el camino errado.

Line Torres y Kees Vandenberg:

Mi querida loca con alma de gaviota. De la música y del aire suspendida, como una cometa gravitando en lo azul. Sepa que en este mundo hay otro loco que la adora. Y no por nada, sino porque el universo necesita de su armonía y su ternura, de su magia y su locura, para hacer que una flauta toque por teléfono eternamente una celestial y seductora zarabanda en su cumpleaños para el contento de otra locura.

Debería haber comenzado: Mis queridos locos, pero no me rimaba tan bien la tontería.

Querida Line: Gracias por compartir con este loco ermitaño —que se cree en sus delirios libertarios un errante marino— tu cumpleaños.

El aniversario es como un nuevo giro alrededor del tiempo y del espacio. Es como el del corazón, un cósmico latido, aunque de ritmo un poco más largo.

¡Qué rudimentarios somos todavía! Pensamos en días, horas, años, siglos. De dónde venimos y hacia dónde caminamos, mientras vamos rogando padrenuestro sálvanos, líbranos del mal, cuando sólo somos vibraciones en un desplazamiento sonoro o luminoso. Un átomo vibra a no sé cuántos miles de impulsos por segundo. Un corazón una vez por segundo aproximadamente. Una vida tiene su tiempo, su ritmo entre el principio y el fin, dependiendo de la especie en la que se vaya rebotando o metamorfoseando la materia.

En tu carta anterior decías que sólo existe el futuro.

En el concepto de existir, creo que sólo existe la memoria —la verdad—. Y si existe la memoria, existe el pasado, presente y futuro, pues todo lo que está en nuestra memoria ya fue pasado, presente y futuro. La vida es como un eco que va rebotando siempre de un punto a otro punto. Recuerde la evolución.

¿Qué es eso?, se preguntará usted con los ojos abiertos de par en par ante la osadía de un tonto que pretende explicar tan serios asuntos. Supongo que se preguntará: ¿no se habrá creído mis tiernos y amables halagos cuando le digo que es sabio, grande y genio?

No se preocupe, ya estaba loco antes de encontrarme con su locura.

¡Ah, sí, lo evolutivo! ¡Siempre me pierdo!

¿Le cuento un cuento?

Dicen que, hace muchos años, se encontraron un memo y una mema. Como no tenían nada más que hacer se pusieron a jugar, y cada vez que se tocaban nacían un memo o una mema nueva. Todos eran idénticos a sus padres. Y como no necesitaban teta ni cuidados de ninguna clase, se iban marchando cada uno en una dirección distinta. Cada memo-a eran, y aún seguimos siendo, unas masas atómicas impresionables. Estos receptores de impresiones tienen todos una cosa en común; la vibración, la expansión y la contracción, por eso nos dejan extasiados ciertas ondas vibratorias; como por ejemplo la zarabanda que tu amigo hizo sonar con su flauta a través de los átomos que rebotando llegaban a mi oído a través del teléfono y aquí se han quedado en mi memoria para la eternidad. Yo ya no puedo proyectar por rebote o vibración esa memoria físicamente, sólo psíquicamente.

¿Te imaginas adónde quiero ir a parar?

Sigo: esas memas-os fueron creando el sistema de proyección. Perfeccionándose en cada movimiento para ir siempre más allá, cada vez más deprisa. Como estaban en el agua, necesitaban aletas. Cuando ese espacio se les quedó pequeño, si no inventaban algo más perfecto y sofisticado se detenía el sueño. No podrían ir más deprisa ni más lejos.

Un día uno de los memos sacó la cabeza fuera del agua y contempló otro espacio. Se puso a soñar con unas alas. Del deseo y la voluntad de elevarse le crecieron. Pero tampoco le servían para ir más lejos, más allá, fuera del mar atmosférico.

Y aquí nos encontramos los hijos de aquellos memos embarrancados.

¿Cuál es el nuevo deseo, la nueva necesidad?

Vencer el peso de la gravedad. Volar más deprisa y más lejos. Alcanzar la luz en la metamorfosis de la trasmutación.

¿Y luego?

La aceleración instantánea: el pensamiento, la idea, el deseo convertido en realidad. Ningún lugar estará verdaderamente lejos.

Ningún lugar está lejos. ¡Hermoso y sugerente el título del libro que me enviaste, gracias!

Cierto, todo está en la imaginación, en la memoria. Pero en ciertas circunstancias, este universo personal se nos queda tan pequeño que el deseo irrefrenable de liberarnos de él también nos indica el método.

El proceso evolutivo sigue su curso. Somos, la

vida, energía en movimiento. Ondas que vamos rebotando. Por eso nos agrada tanto el calor, el color y el sonido, pero a la medida de un ser muy rudimentario. Aún no es el tiempo y el espacio en sí mismo. No acepta su desintegración. Y sin embargo rechaza el dolor, el frío y el ruido. Pero no podrá liberarse del dolor y del sufrimiento si primero no se libera del temor. No nos decidimos por la liberación. Seguimos cumpliendo años, siglos, milenios, acumulando dolor con el único propósito de dominar los más feroces a los mejores.

Gracias, querida Line, por convencer a tu amigo para que me interpretase una zarabanda por teléfono. Pienso que la vida es una obra musical construida a partir de dos notas elementales: la primera es, sí, al placer. La segunda es el no al dolor. Lo demás son infinitas variaciones sobre el mismo tema. Quien diga que su variación es la verdadera, lo único que hace es interpretarse a sí mismo. La perfección del sonido hizo vibrar todos los átomos del cuerpo de este memo y lo transportaron con el pensamiento a su mismo origen para rememorar las infinitas metamorfosis que la materia ha debido realizar para transportarme hasta donde me hallo en este instante. Me gustaría dar un acelerón para cumplir mi sueño de liberar el lastre, pero está prohibido hacer experimentos.

¿Recuerdas aquel memo que por primera vez sacó la cabeza fuera del agua y se le encendió el sueño de volar? Seguro que algún otro memo que se creía muy sabio lo amonestaría con toda severidad: ¿estás loco? ¡Lo que piensas es imposible!

Siempre hay alguien que nos dice que lo que él no entiende es imposible.

Siempre hay alguien que piensa que todo es inalcanzable, que ningún lugar está cerca porque él no pueda tocarlo. Pero los que nos creemos simplemente ondas de luz que nos encendemos con la magia de los sueños sabemos que ningún lugar está lejos, ni siquiera la eternidad.

Aquellos que sólo esperan el milagro ya no creen en nada, están muertos.

Un abrazo muy fuerte y un millón de besos.

LAS HOJAS CAÍDAS

¡Silencio!, que llegó el otoño
y quiere tomarse un descanso la vida.

Ya se está quitando colores y afeites,
adornos y trajes, con melancolía.
Se siente cansada de tanto ajetreo
que llevó a cabo para celebrar
tan fenomenal y hermosa orgía.

Cada quien amó según su manera,
cada mariposa besó tantas flores como ella quería
al compás de la danza que le iba tocando
la invisible y tierna levedad de la blanca brisa.

Parece que quieren al revolotear
escribir poemas de calma y sonrisa,
para que se vayan volando, volando,
por la luz del sol, por el cielo arriba.

Y pasa el otoño por las hojas todas
de árboles y plantas ya casi dormidas,
preguntando a todas, ya muy apagadas,
por qué se pintaron con tal fantasía,
con tanta belleza, con tanta armonía.

Le responden todas a una sola voz:
¡para seducirla, para seducirla!

Seducir... ¿a quién?
¡A la hermosa vida!

Ya se terminó tanta algarabía.
Todo va perdiendo como en cualquier fiesta
vigor, emoción, vital entusiasmo,
¡hay que reposar de tanta alegría!

La naturaleza se sigue quitando
como una vedette la bisutería
decrépitas hojas, que antes eran verdes,
    todo fantasía,
y ahora están pálidas, amarillas, ocres,
mustias, decaídas.

Y se van cayendo, se arrojan al aire como suicidas.
Y bailan, y vuelan, y giran y giran,
apurando el tiempo del último baile
antes de quedarse por siempre dormidas.

Besando la tierra de donde salieron,
a la que retornan con la misión cumplida
de vestir al mundo con traje de gala
para celebrar la primaveral y cíclica orgía.

Hoy ya son girones, tristes serpentinas
las hojas caídas que cubren la tierra.
Como cualquier plaza después de una fiesta,
que se queda sola llena de papeles
    y otras inmundicias,
triste y melancólica que parece muerta,
    pero está dormida.

¡Silencio!, que llegó el otoño, y quiere tomarse un
    reposo la vida.
Cuando se despierte, ya será otro día.

Segunda parte

REGALO DE NAVIDAD

José Luis Mariscal fue compañero de cadena en el infierno de los elegidos por Dios —según los necios— para trabajar en la purificación de su alma en un almacén-taller de piltrafas humanas. No quería su condena. Se sentía humillado, pero le aterrorizaba la muerte. ¡Nadie le ayudó a superar el temor para liberarse del infierno!

Un abrazo, compañero de fatigas,
tú que vas, igual que yo, por la penumbra
escrutando un horizonte que no alumbra
la tiniebla del sufrir que te cobija.

Mi deseo solidario es que prosigas
con tu empeño de luchar infatigable,
y dejarles en herencia a los mortales
como el héroe tu memoria, y lo consigas.

Te regalo el corazón con la esperanza
de que forme con el tuyo un solo ente
para hacer con lo imposible una alianza.

Que debiera ser regalo suficiente
que inclinase ante los dioses tu balanza
al deseo de vivir eternamente.

PATÉTICO BRINDIS ENTRE CAMARADAS
(O LA VISIÓN DEL INFIERNO)

¡Brindemos, camaradas, a nuestra salud!
Nosotros, la escoria de la vida, las piltrafas.
Levantemos los gritos de obsesión y locura
en nuestros tristes cráneos colmados de lágrimas.

¡Por nuestras taras de cuerpos deformes!
¡Por nuestras mentes psicoanalizadas!
¡Por nuestras patéticas sillas de ruedas!
¡Por nuestras carnes y mentes atrofiadas!

¡Bebamos, cantemos, en esta orgía obscena
de carne impotente, de humanas piltrafas,
en esta farra inmensa de lujurias muertas,
de impotentes seres caminando a rastras!

¡Cantemos las ganas de reproducirnos
con alucinada y erótica danza
de cuerpos desnudos colgándoles sondas
y bolsas de orines rehabilitadas!

¡Camaradas, bebamos a nuestra salud,
que mañana seremos de nuevo piltrafas,
sin saber si fue verdad o sueño
la orgía impotente de carnales ansias,
de infernal tortura, por furias servidos,
de cuerpos perfectos danzando a distancia!

Don Jesús Ceberio (director de *El País*).

Con motivo de haber sido aludido personalmente en un artículo, publicado el día 28 de enero, titulado: «RAMÓN, NO ARROJES LA TOALLA», deseo acogerme al derecho de réplica.

NO HAGAMOS DE CABESTROS

Señor Einer Pedersen:

Hay aquí, en España, una bárbara costumbre que consiste en torturar toros hasta la muerte en un macabro ritual. Estos nobles y libres animales son conducidos a trampas donde se quedan prisioneros hasta la hora del aquelarre y el sacrificio por toros mansos, psicoamaestrados para tan innoble fin, llamados cabestros.

No hagamos nunca de cabestros. Detrás siempre hay algún degenerado que se divierte con el dolor y el sufrimiento.

Otra bárbara costumbre es la del boxeo.

Arrojar la toalla significa inteligencia, racionalidad, no dejarse masacrar a golpes para el disfrute de sádicos, morbosos y degenerados espectadores. Una retirada a tiempo es una victoria.

Dice usted que siempre hay algo a lo que agarrarse. Depende del temor que tengamos a dejarnos caer. Depende de si hemos aceptado o rechazado nuestra mortalidad personal.

Cualquier análisis se convierte en un sofisma si partimos de un prejuicio.

Usted parte del prejuicio de que yo soy ese ser trágico al que se refiere el reportero diciendo que «IMPLORO» que me apliquen la eutanasia.

Yo no imploro, exijo mis derechos personales. No quiero hacer de cabestro, tampoco quiero que me ayuden a soportar la tragedia —como usted me aconseja—. Eso sé hacerlo solo.

No me desespero para no caer en la depresión y no acudo a los dioses a rogarles para no sentirme frustrado —dios es mi conciencia.

A esos que usted llama ayudadores yo no les concedo autoridad alguna. Si no tienen ciencia para curar la causa que nos produce la depresión, por el hecho de ser poseedores de conocimientos científicos no están legitimados para imponernos sus conceptos éticos y morales.

Yo puedo hacer y decir las mismas cosas que usted pero no tengo tanta vanidad. No doy ejemplos.

Los seres humanos no creamos nada, todo está creado. Nosotros sólo podemos descubrirlo y humanizarlo racionalizándolo.

Usted tiene el derecho y la libertad de ser un paralítico feliz y satisfecho, protegido por las leyes de su país y aplaudido por la máxima autoridad de su Estado-providencia como ejemplo moral, pero no se olvide que los discrepantes, aquellos que por un sentido ético o estético no desean agarrarse a la vida de cualquier modo, no disfrutan de la misma libertad y derechos que usted. Esos discrepantes son esclavos de la conciencia ética y moral de quienes lo aplauden como ejemplo a seguir. Es decir: usted hace de cabestro.

No me dé usted consejos. No se olvide que yo sé cómo lo aprisionan sus miedos y angustias. Yo conozco el modo que tienen los ayudadores de hacernos mirar hacia otra parte. Están amaestrados para desempeñar ese cometido.

Yo no doy consejos a nadie que no me los pida. ¿Por qué no sigue usted mi ejemplo?

¡No hagamos de cabestros!

Arrojemos la toalla para salvar nuestra dignidad antes de caer derribados como muñecos. No luchemos para darles gusto a quienes organizan el bárbaro y cruel festejo.

Dicen que al principio tuvo usted la idea de arrojar la toalla. ¿Por qué cambió de parecer? ¿Ha reflexionado sobre la psicología del temor al dolor y a la muerte?

Yo, igual que usted, me acostumbré a vivir en el infierno. Sin embargo, no me olvido de una realidad: a toda persona equilibrada psíquica y físicamente le causa más temor estar como usted y como yo que muertos.

Dicen que usted cree en Dios. Yo no: ya le dije que yo soy dios y sé que después de la muerte hay un equilibrio perfecto.

También dicen que escribe poesía, yo sólo la pienso:

AMIGO

Amigo,

¿Quién impide remontar nuestro vuelo más allá de la vida y elevar el espíritu por encima de todo temor, a quiènes ya no preguntamos de la vida el valor y el sentido, sino para qué sirve en la vida —sin sentido— el dolor?

Yo sé que son los hombres que no sienten —como el dios que proclaman— por la vida respeto ni amor.

Atentamente.

NO QUIERO

No quiero buscar un refugio en la poesía,
ni con la fantasía echarme a volar.
Ni viajar por el perfume de una rosa.
Ni hacer viajes con mi barco por tus mares.

Quiero ser tan vulgar, original y loco
como le plazca a su necedad, al azar o al destino.
Seré toda la repugnante monstruosidad
para que los hipócritas laven su conciencia en mí.

Que hagan mis hermanos sus caritativas obras,
dando, así, rienda suelta a la compasión.
Si hago bien mi papel, el mundo estará
aparentemente en orden. Siempre habrá alguien
que se alegre de no estar en mi lugar.

Quiero caer más bajo, mucho más bajo aún,
hasta donde la humillación de mi persona
sea tan patética, inhumana y fétida
que por compasión o razón decidan liberarme.
Los necios dirán matarme, claro.
¡Estoy por encima de su mezquindad!

SUICIDIO Y TRASCENDENCIA

Querida amiga, enemiga de la eutanasia, profetizadora del castigo eterno para el que se muera voluntariamente:

La eutanasia es trascendencia, no es suicidio.

El suicidio es la justicia del hombre que acusa, condena y mata su dolor, pero también te acusa y condena con su acto a ti y a toda tiranía, teocrática, democrática o paternalista, por sus incoherencias. El suicidio también es trascendencia.

Cuando se renuncia a la vida, pero sin que existan circunstancias racionales de eutanasia, en vez de calificar al discrepante de trastornado, que se pregunte la sociedad dónde está la causa de todo suicidio. No es el fracaso de la razón individual, es el fracaso de la razón colectiva. No es el individuo el degenerado sino aquellos que institucionalizan el deber de sufrir irracionalmente. Quien se suicida es porque desea liberarse del infierno.

La persona que acepta su propia muerte lo hace porque intuye alguna forma de trascendencia. Puede resultarte inexplicable. Pero mantener en los individuos el temor psicológico al castigo por actuar libremente llega a ser la forma más eficaz de dominarlos. Y también la de destruirlos.

Cuando la muerte voluntaria tiene como único fin liberarse de un sufrimiento dramático, siempre sobrevive como trascendente un acto de la bondad humana, que es la única forma de acceder al nivel de una bondad divina.

Don José Antonio Sánchez:

Ayer recibí su carta con fecha del 22-X-1994.

Me resulta extraño que hable de una carta abierta publicada en *ABC* dirigida a mí y que no me envíe una copia.

Yo, cuando quiero dirigirme a alguien le escribo en carta cerrada. Las cartas abiertas que se suelen enviar a los medios de prensa no van dirigidas a la persona, van a lo que van. Por las que llevo leídas, ninguna de ellas me parece —o ha parecido— lo suficiente honesta como para tomarme la molestia de contestarlas. Algunos, como usted, me dicen amigo, pero a continuación les sale la contradicción de la intolerancia, no porque no me respeten —según ellos— sino porque se lo impiden sus convicciones morales.

¡No entiendo esas amistades! Yo pienso que un amigo, si es amigo, no me impondría nunca sus convicciones por encima de las mías, porque entonces no habría respeto ni amistad, sino dominación.

Algunas, de médicos, hacen insinuaciones sibilinas —yo pienso que de mala fe— sobre mi estado mental: suicida, deprimido profundo y otras formas posibles de trastornos de la personalidad, carencias afectivas, etc.

No he leído su carta, y por lo tanto aún no puedo opinar, pero, por lo que llevo viendo, las cartas abiertas son panfletos ideológicos con un mensaje muy concreto: ¡No se puede tolerar!

De los médicos tengo motivos suficientes para dudar de su imparcialidad. Suelen confundir —la mayoría— la autoridad que les dan sus conocimientos técnicos para curar enfermedades, con el poder para imponer su autoridad moral a los demás.

En fin, señor Sánchez, envíeme primero su carta abierta, y en ella leeré si es la de un amigo a otro amigo. Si es de un igual a otro igual —persona a persona— o si es el deseo y la curiosidad de alguna autoridad profesional para tener datos suficientes que lo confirmen en sus prejuicios. Después, ya veremos si vale la pena hablar, mirarnos a la cara —como dice— y entender qué hay detrás.

Mi planteamiento es bastante claro: yo reclamo ante la justicia un derecho, que pienso que está implícitamente garantizado en la norma ética y moral del Estado (Constitución). Pienso que la muerte no hay que pedirla a gritos. Hay que pedirla. Y los que tienen el poder de garantizarme que mis derechos y libertades sean reales y efectivos, lo que deben juzgar es si lo que yo planteo es o no es racional.

Si es racional, hay derecho.

Está muy bien que la gente preste ayuda a quien se la pida, pero proteger a alguien en contra de sus deseos es absolutamente inmoral.

Cuando usted dice que está con los que piden la muerte a voces en la fase terminal de una enfermedad, lo que quiere decir es que cree racional terminar con el sufrimiento inútil.

No me dice en su carta —cerrada— si está o

no de acuerdo con mi postura, ya que yo no soy lo que se puede llamar un enfermo terminal. A lo mejor usted no cree —como lo creo yo— que mi sufrimiento sea inútil y absurdo. A lo mejor usted no cree que un tetrapléjico deba tener el derecho y la libertad de terminar su vida como un acto de voluntad y soberanía personal —por los motivos que sean—. A mí también me gusta charlar con los amigos, pero mis amigos —porque me respetan— piensan que se me debe conceder el derecho a morir si yo no quiero vivir así. ¿Y usted, señor Sánchez, qué opina?

Repito, envíeme esa carta abierta y luego hablaremos de charlar amistosamente.

Reciba un cordial saludo de un... ¿amigo?

Don José Antonio Sánchez García:

Gracias por haberme enviado la dichosa, o triste carta.

Es muy difícil escribir sin meter la pata. Siempre asoman nuestros prejuicios, a los que llamamos convicciones, principios, etc...

Yo también le pido disculpas si en algo le he ofendido.

Gracias por brindarme su generosa y solidaria ayuda como persona y como médico.

Por el momento, no necesito ninguna. Tengo toda la ayuda personal y técnica que necesito, sólo la que yo pido, ni más ni menos, pues ése es el modo como una persona debe ser querida, amada y respetada. Así me han tratado —y me tratan— siempre mi familia y todo aquel que yo considero mi amigo.

Yo también siento y vivo el dolor de mis semejantes. Esto es más una cuestión de sensibilidad que de conocimientos técnicos o científicos inherentes a la profesión médica.

Sí, usted dice que quizá tenga razón, pero se asegura más adelante de afirmar categóricamente que no pido lo que pido a los jueces. Tampoco es la muerte, como usted afirma, sino el derecho a poner fin a mi vida sin que por ello sea castigada la persona que me facilite la sustancia química que yo elija. O que pueda acceder a ella igual que usted, por ejemplo.

Yo reclamo un derecho y una libertad personal pero a usted no le interesa lo que puedan decir al respecto la Constitución y las leyes.

Dice que —como médico— ha visto morir a muchos enfermos y que algunos de ellos pedían la muerte a voces.

Entiendo que las personas que piden la muerte a voces lo que piden en realidad es el derecho humano y personal de liberarse de un sufrimiento. ¡Mejor la espantosa muerte que la espantosa vida!

Usted entiende esa forma trágica de aceptar la muerte. Es —su— prejuicio.

¿No se puede aceptar acaso la propia muerte con la sonrisa y la mirada serena?

Yo también he visto la mirada de Vallejo-Nágera. Era la mirada del hombre que sabiendo que va a morir dentro de unos días, mantiene la sonrisa y la expresión serenas. Ha conseguido el equilibrio racional de aceptar su mortalidad.

Después de destacar mi agilidad mental, dice que mi expresión no pide la muerte sino que pide —lo pone usted en mayúsculas— vida, y mucha. Es decir, yo no sé lo que digo. Usted da por supuesto que no tengo la razón ni la claridad mental que me atribuye.

Escribe en otro párrafo: «Al margen de constituciones y leyes, habrá que preguntarse si es cuestión de mandar a la otra vida, etc...» Es muy poética su reflexión, pero dice: si es cuestión de valentía «mandar».

Lo ético por su parte sería preguntarse si tengo o no ese derecho y esa libertad. Si esa norma ética y moral que nos iguala a usted y a mí en derechos y deberes puede tolerar esa libertad y ese derecho.

Reflexiona usted y concluye que los jueces han sido sensatos porque mi mirada y mi sonrisa son absolutamente necesarias en la sociedad actual.

¿Qué hubiese escrito usted si me hubiese dirigido a los jueces y legisladores pidiendo la muerte a voces, con la mirada perdida y la faz descompuesta?

Si me dirijo a los jueces pidiéndoles el derecho de renunciar a mi vida, será porque eso es lo que yo deseo, y la idea de que esa petición me sea concedida me hace sonreír serenamente.

No me hace ninguna gracia la artimaña psicológica de que mi mirada y mi sonrisa sean de gran utilidad para el bien colectivo. Yo no quiero enseñarle a nadie cómo y cuándo se debe morir con la sonrisa puesta y el gesto sereno. Sin embargo, usted quiere darle otro sentido: «Pide vida y mucha vida.» Esa frase suya en mayúsculas, pienso —y perdone si me equivoco— que lo hace con toda su mala fe. ¡Yo le aseguro que es mentira!

Lo que usted llama una reflexión —análisis psicológico a través de los gestos— le sirve para aplaudir la sensatez de los jueces. Y también afirma que lo que yo necesito es cambiar de vida con la ayuda solidaria de la sociedad.

Cierto, usted no me critica, me toma por un pobre necio, que es bastante más ofensivo e inmoral. Pues, al decir que es la sociedad quien tiene que darme motivos para vivir, da por supuesto que las personas que lo hacen, es decir mi familia y amigos, no saben hacerlo. Y yo soy un niño que sonríe con cara de idiota, eso sí, lleno de vida, mucha vida.

Claro que tiene usted todo el derecho de opinar

y de influir en la opinión pública del modo que más le convenga, pero no pida mi colaboración.

Señor Sánchez García, para cambiar mi vida hacen falta más que arengas. Yo entiendo muy bien lo que usted escribe. Al parecer, quien no entiende lo que yo escribo y demando de su Estado social y democrático de derecho es usted. Lea su carta, y si quiere, como dice, ser mi amigo discúlpese públicamente por su falta de respeto hacia mi persona. Si se lee bien, usted considera que yo soy en función del concepto que usted tiene de la vida y de la muerte, de la libertad y de la sensatez que los jueces tengan para controlarla.

Para cambiar mi vida es necesaria una sola cosa: curarme. Si usted no tiene ciencia para hacerlo, nuestra autoridad ética y moral son exactamente iguales. Si acepta y defiende ese principio seremos amigos.

Gracias por su ofrecimiento de ayuda, pero si se niega a que el derecho que reclamo me sea concedido, creo que no tendremos mucho más de qué hablar.

Un cordial saludo.

CARTA PRIMERA

A mis queridos compañeros y camaradas que cla-
mábamos al unísono con el puño alzado contra el
tirano: libertad, justicia e igualdad. Ahora que
ocupan el lugar del tirano, les reclamo el derecho
y la libertad de morirme dignamente, y me dan
sondas, antibióticos, bolsas para recoger mi orina, sillas de ruedas, laxantes (caridad).

¡No es eso, compañeros!

Solamente os recuerdo las palabras: mi justicia la haré yo. No temáis. Seré un buen juez. Amo
la vida y el viento, el sol, el cielo y la mar, y a todo
lo que conjuga, para ser, el verbo amar.

No tengo más intereses que defender que la
ética de la palabra libertad, igualdad, justicia.

La muerte forma parte de la vida. Y en los seres racionales, la palabra prohibida es matar.

CARTA SEGUNDA

A esa querida médica —técnica— inmoral manipuladora psicológica ¿o manipulada?, que me aconseja pedir su ayuda, que me una a otras piltrafas. Sin mirarme siquiera, dice muy seria que quiero morirme porque estoy deprimido.

Querida señora, usted no escucha o no entiende nada de amor y respeto. Yo pido libertad, no consejos. Recuerde: no se meta donde no la llaman.

Yo me conozco a mí mismo mejor de lo que usted pueda hacerlo nunca. También conozco, amo, respeto y admiro a mis camaradas piltrafas. Porque soy uno de ellos, canto, río y lloro con ellos también. Pero no los engaño. Yo me igualo con ellos y les llamo —porque lo somos— piltrafas.

Cada uno de nosotros es un mundo aparte, señora. Cada uno de nosotros vamos arrastrando con resignación nuestra dignidad después de cada farra.

Ya sé que dirá usted con gran seriedad que no hace falta ser César para conocerlo (eso dijo un idiota).

LAS ALTERNATIVAS
DE LA REHABILITACIÓN

Cuando un tetrapléjico expresa su voluntad de no serlo, es decir, de morir, la ética médica no debería consistir en rebajar con sedantes su nivel de conciencia normal hasta que se dé por vencido y acepte la negociación con el sistema de rehabilitación, que acepte sus condiciones de buen trato, amabilidad y afecto. Y que cada vez que se rebela contra la humillación del dolor vea cómo le aumentan las dosis de sedantes. ¡Eso no es respeto a la libertad de conciencia del otro!

Así es como se rehabilita a la persona, se la domestica: o acepta o se vuelve loco. Para los que se vuelven locos, aunque no son muchos, siempre hay a mano algún calificativo. Por ejemplo, que la persona tenía tendencias suicidas. Cuando al ser humano lo dejan libre para vivir, amar y pensar, siempre se eleva espiritualmente, éticamente. La vida tiene toda la sabiduría y el conocimiento del universo, no necesita la protección obligatoria de juristas, médicos, teólogos y toda clase de castas dominantes que se convierten en paternalismos crueles.

Claro que debe haber un sistema de rehabilitación, pero si su único fin es conseguir que la persona acepte y se resigne ante cualquier desequilibrio, un buen propósito puede convertirse en una aberrante tortura, en un infierno interesadamente planificado.

La alternativa de la rehabilitación será ética cuando sea una voluntad personal, pero si es una imposición, no. Cuando la única alternativa que le queda a la persona es la de soportar un sufrimiento involuntario, porque así se lo impone la moral de los demás, a esa persona —rehabilitada a la fuerza, o condenada al infierno en vida—, para disimular que lo han vencido no le queda más alternativa que besar la mano de sus verdugos rehabilitadores. ¡No hay mejor protector de una vida que su propio dueño!

ERINIAS

Guardianas de sueños complejos, todos ellos rotos. Cuidadoras de eternas angustias, con sagrados fue gos. Vosotras, que mantenéis las miserables vidas de cuerpos agónicos. Vestales que mantenéis encendida la lumbre en este infierno.

Samaritanas que regaláis balsámicas sonrisas contra el dolor. Espíritus sensibles que contempláis la desesperación sonriendo. Sin saberlo, dejaréis de oír los gritos de los condenados. Ésa será la señal de que vuestro amo —Lucifer Estado— ya se apoderó de vuestras almas. Ya estaréis preparadas para ser insensibles al sufrimiento inhumano.

Erinias, afables cuidadoras de este averno. Sin quererlo, fuisteis mis verdugos. Porque mantenéis encendido el sufrimiento.

Mis queridas erinias, yo venía en busca del cielo.

CARTA TERCERA.
A ESOS QUE VIVEN DEL CUENTO

A esos que viven del cuento mientras cargan su inmoral autoridad sobre nuestras plebeyas e ignorantes conciencias.

Que nos cargan con sus oráculos, sus dioses, sus ventajas adquiridas, sus deberes y derechos.

Los de pernada también como tradicional y noble privilegio. Y mientras la locura gira en este infernal laberinto mío, está preparada allá en las alturas la mentira obscena del libre albedrío.

CARTA CUARTA

A las queridas mujeres del mundo, que se quedan estupefactas contemplando a sus hijos muertos con los ojos de par en par abiertos y las tripas afuera, mirando al cielo o a la tierra, como si quisieran preguntar: ¿qué me pasa?

Mientras, dice la patria inmoral y obscena: ¡Es la guerra, hijo mío, no es nada, no es nada!

Y a los niños de Brasil, de Colombia, de América, de África, de Europa o de Asia, rematados de un tiro en la nuca, muertos de hambre, de indiferencia, de rabia, de estupefacción o de hipocresía democrática, o tiránica.

«¡Levántate y anda!» no quiere decir milagro sino: rebélate, libérate, no seas rebaño, no creas, piensa y reclama justicia.

CARTA QUINTA.
A MI PATRIA

A mi querida patria, que es la más libre, la más grande y más alta.

En ella caben todos mis amigos y mis enemigos.

Mi patria es mi pecho, y en mi pecho caben todas las patrias.

Mi patria no tiene fronteras, porque es una sola.

La patria de un hombre, o de una mujer, es su propia alma.

Si la dejan libre, mi patria no llora.

Canta, siempre canta.

EUTANASIA COLECTIVA
Y EUTANASIA PERSONAL

(El derecho a la legítima defensa)

Cuando un Estado declara una guerra, sabe que habrán de morir muchas personas en contra de su voluntad. A esas personas se les exige el sacrificio de sus vidas para defender el interés colectivo. Se exige un sacrificio para evitar la destrucción de su cultura, de su personalidad como pueblo y de sus bienes. Se defiende la dignidad colectiva —en teoría, ya que en realidad en toda guerra hay mucho interés bastardo disfrazado de causa noble o civilizadora—. Yo me refiero a la defensa. El ataque es crimen.

Si por defender el bien, o interés colectivo, se justifica la muerte, del mismo modo se puede justificar la muerte personal. La persona también puede decidir sacrificar su vida para defender su patria personal de la humillación y esclavitud del dolor. Las razones filosóficas —éticas— para sacrificar la propia vida en defensa del interés personal me parecen igual de nobles —si no más— que las esgrimidas para defender la patria colectiva. Con la muerte personal no se atenta contra la vida humana como concepto sino contra unas dudosas creencias sobre la propiedad de ésta, y el cómo y cuándo la vida puede terminarse, o en qué circunstancias la dignidad tiene más valor que la vida.

Si la vida no tiene valor para una persona, es

absurdo que otros quieran dárselo porque lo diga la ley y los fundamentos de derecho. Esos fundamentos siempre serán reflexiones filosóficas o ideológicas con todos los prejuicios que cada casta arrastra consigo como tabúes culturales.

La vida como un concepto universal y placentero no puede ser un mal, excepto para los delincuentes o parásitos del sufrimiento. Quien desea renunciar a la vida es porque la considera un mal. El juez, el legislador o el teócrata, si no tienen argumentos que demuestren que la causa que provoca el deseo no existe, tampoco tienen autoridad.

LA FELICIDAD DE UN MUERTO

Entre locos anda el Juego de la vida, o de vivir. ¿Qué papel prefiere usted, el de muerto o el de loco? El de muerto, que es más digno, por favor.

Es tan hermoso no necesitar nada. Ser como una planta a la que hay que regar y hablarle solamente. O como el muerto a cuyo recuerdo llevan de vez en cuando flores a su tumba, sin necesidad de mostrarse original cumplidor de las sociales reglas. Y sin la perentoria necesidad de tener que buscar la diaria pitanza como un vulgar mortal.

Contemplar la locura que se asienta en el alma como un martillo golpeando sin causarnos dolor, porque ya está el cuerpo tan entumecido que no siente nada. Embrutecer la mente hasta llegar a ser como piedra. Hasta decirles a los verdugos: gracias por cumplir con vuestro deber de hacer el reparto de papeles en esta comedia.

Es hermoso no necesitar nada, ni crear nada, ni pensar nada, es hermoso estar loco e imaginarse que los locos son los cuerdos; que ellos están más locos que yo, y sin embargo me tienen lástima. Es hermoso sonreír y decir que vivir es hermoso, porque lo dicen todos y no quiero llevarles la contraria. A los locos no se les contradice, se ponen violentos.

Es hermoso este juego de jugar a ser locos y a muertos en el que nadie quiere hacer de loco ni de muerto en el reparto. La locura tiene fuerza dramática. Hacer bien el papel de loco pacífico y alegre es muy difícil, pues es cuestión de sonreír y decir siempre: estoy bien, gracias.

El de muerto es muy fácil, no hay que decir nada. Nadie se lo cree, ni quiere el papel, pero el juego divierte. Tiene gracia.

Es hermoso, tan hermoso, ser estúpido y que nos disculpen y nos mientan afirmando que es muy necesaria nuestra estupidez porque desempeña una función social de gran utilidad y responsabilidad. Que por eso disculpen nuestra vulgaridad con sonrisas.

Es hermoso este juego hipócrita de jugar a decir lo que no sentimos.

Es hermoso estar confortablemente muerto rodeado de vivos: porque uno mismo puede contemplar su propio entierro.

Es hermoso, tan hermoso contemplar a todos los locos en mi entierro mientras me pregunto: ¿dónde estará el muerto?

LA CULTURA DE LA MUERTE
Y LOS FALSOS CRISTIANOS

El cristianismo, o cualquier religión, no puede negar el derecho a morir racionalmente. Se verían obligados a demostrar que la razón ética es un trastorno degenerativo. Entonces habría que reconocer que Jesús era irracional.

Cristo enseñó muchas cosas, entre ellas a superar el miedo a la muerte y al dolor, y a no dejarse dominar por las amenazas del poderoso, ya que esos dos temores, no racionalizados ni superados culturalmente, son el arma más eficaz y poderosa que poseen los tiranos de todo tipo para esclavizar al ser humano, con la amenaza de la tortura o de la muerte, si no se quiere someter a su autoridad.

El mensaje de Jesús era que los poderosos —religión y Estado— se comportasen como el Dios que predican. Igual que hacemos hoy los hombres y mujeres bien nacidos cuando clamamos al Estado y a la religión de turno. Hoy no se mata físicamente a quien reclama justicia, pero se mata psicológicamente un clamor universal: aquel que pide que no se utilice el sufrimiento irracional en función de intereses de casta de una muy dudosa moralidad. Una de estas invocaciones es el derecho a la eutanasia, voluntaria y libremente decidida.

Jesús murió por rebelarse contra la injusticia y el dolor que los poderosos provocan. Por eso lo mataron. Claro que esa explicación tan lógica y humana no encaja en la doctrina ideológica dominante de ningún poder, por eso hay que darle un sentido sobrenatural, como por ejemplo la de presentarlo como el hijo de un dios. El crimen no es matar al hombre sino al hijo de la autoridad suprema.

Pero cuando se mata a un Jesús de Nazareth cualquiera, siempre se mata al hijo de un dios, se mata la idea, la libertad de pensamiento. Se mata al hijo de un dios, se mata al mismo dios cuando se mata la conciencia de un ser humano noble, bueno y justo que se rebela contra la injusticia y el sufrimiento que provoca cualquier tiranía. Matar las ideas, ésa es la cultura de la muerte.

Mientras el hombre rece en vez de razonar, seguirá siendo explotado como cordero. El conocimiento libera al individuo de la superstición. Cuando se conoce el fenómeno que causa la oscuridad de la noche, el individuo ya no se pregunta por qué tiene miedo a la noche, sino que se preguntará por qué tiene miedo.

El mal no está en el acto sino en la intención. Ama y haz lo que quieras —san Agustín— y yo añadiría: porque siempre harás lo justo, el bien. Nada es bueno o malo, depende de la buena o mala voluntad —Kant.

Jesús es un místico. Y la muerte tiene sentido si es para exterminar el sufrimiento. Pero cuando el místico es suplantado por el pícaro, se forman las sectas, las religiones. Se corrompe la espiritualidad, la razón pura. De igual modo se corrompe la ciencia cuando el científico es suplantado por el tirano para convertir el conocimiento en armas amenazantes y exterminadoras.

Cuando se unen religiones e imperios, Estados y reinos, para defender sus intereses comunes, lo único que se crea es la delincuencia universalmente organizada. La corrupción moral de los dominadores consiste en hacer creer a sus rebaños que alguien les concederá la felicidad, la salvación y la liberación de sus sufrimientos sin que tengan que luchar por ellos. Es decir, sin el esfuerzo de pensar por sí mismos.

Dios o su concepto es mi conciencia. Y, como ser racional, mi deber no es creer sino conocer. Y mi responsabilidad, como individuo que posee una conciencia ética, me impide utilizar ese conocimiento para dominar a otro ser viviente, esclavizándolo.

¡Levántate y anda! no quiere decir espera el milagro, quiere decir ¡rebélate contra todo dolor, contra toda humillación, contra toda injusticia y tiranía!

Cuando alguien se resigna ante la injusticia humillante, ya está muerto. No importa quién sea el responsable de la injusticia; tanto si son los hombres, un mito o la amoralidad de la vida, aquel que no se rebela contra ella ya está muerto. Todo aquel que entrega su conciencia a otra voluntad, acaba siendo su esclavo.

Cuando se sufre cualquier injusticia, el fin no es rezar el padrenuestro. La finalidad es evitar el dolor.

En lo que se refiere al sufrimiento personal, cualquier ser humano adulto tiene responsabilidad y autoridad para obrar en conciencia. De evitar el dolor del mundo son responsables los poderosos. Cuando era pequeño, mis padres me inculcaron un principio que, por egoísmo, no me gustaba mucho. A menudo me repetían: «Cuando creas que puedes hacer algo por tus propias fuerzas, no pidas ayuda.» La eutanasia voluntaria es una forma de ayudarse uno a sí mismo, de caridad o dignidad bien entendida.

EL DERECHO DE NACER
Y EL DERECHO DE MORIR

No existe esclavitud más inmoral que la de la conciencia. Ésa es la cultura de la involución, del infierno, de la muerte, porque lleva irremediablemente al resentimiento, al crimen, a la destrucción.

¿Adónde han ido a parar todas las verdades sagradas y profanas, y todas las vidas sacrificadas por defenderlas que hoy son consideradas crímenes contra la humanidad?

Uno de los grandes errores filosóficos es negarle al individuo el derecho de renunciar a su vida. Eso significa que nunca se le quiere reconocer que es de su propiedad. Libre y adulto.

No se ha enseñado el arte de la buena muerte porque se defienda la sacralidad de la vida, sino por el temor a que los esclavos renuncien en masa al infierno de unas vidas miserables.

Es coherente que los dominantes justifiquen el sufrimiento como un deber moral porque es la fuente de su placentero bienestar. Lo que resulta absurdo es que aquellos que fueron esclavos, cuando son legitimados por la conciencia colectiva para corregir el abuso, el error, o el crimen, sigan aplicando las leyes de su antiguo amo y sus fundamentos —me refiero a los socialistas y a la Constitución.

El derecho de nacer parte de una verdad: el deseo del placer. El derecho de morir parte de otra verdad: el deseo de no sufrir. La razón ética pone el bien o el mal en cada uno de los actos. Un hijo concebido contra la voluntad de la mujer es un crimen. Una muerte contra la voluntad de la persona también. Pero un hijo deseado y concebido por amor es, obviamente, un bien. Una muerte deseada para liberarse del dolor irremediable, también.

La vida parte de una verdad. Evoluciona corrigiendo sistemáticamente el error. El manual de instrucciones es la naturaleza. Quien lo interpreta erróneamente crea el caos.

Si se niega el derecho de renunciar al dolor sin sentido, se prohíbe también el derecho a ser más libre, más noble, más justo, a la utopía de liberarse de la trampa en que lo han metido los legisladores. Han exterminado a las fieras para ocupar su lugar, y ahora hacen de maestros. Dictan leyes y fundamentos de derechos, crean esclavitudes de las que ninguna razón pueda escaparse. La razón ha creado para su especie una trampa infernal.

La libertad significa la libertad del todo. La justicia significa el amor, bienestar y placer para el todo. Es decir, el equilibrio.

Ninguna libertad puede estar construida sobre una tiranía. Ninguna justicia sobre una injusticia o dolor. Ningún bien universal sobre un sufrimiento injusto. Ningún amor sobre una obligación. Ningún humanismo sobre una crueldad, sea cual sea el ser viviente que la padezca. La diferencia entre la razón ética y la creencia fundamentalista es que la primera es la luz, la liberación; la segunda la tiniebla, la trampa infernal.

A MI HIJO

Perdóname, hijo, por no haber nacido.
No fue culpa mía el dejarte atrás.
Yo besé las flores que hallé en mi camino.
La culpa la tuvo el verbo pecar.

Yo te he visto sonriendo en aquellos ojos
que me contemplaban asombrados e inquietos,
pero siempre se interpuso entre nuestros deseos
el tabú... pecado. Yo no tuve la culpa,
fueron las rosas las que tuvieron miedo.
Tal vez para protegerte, inconscientemente, del
    infierno.

Perdóname por no haber podido jugar contigo.
Siento mucho que no me dejen volver atrás.
No sé si habrás nacido después de pasar yo.
No importa. Recuerda siempre que te sigo
    queriendo.

Dale un beso a tu madre de mi parte.
Y no me guardes rencor, odiar no es bueno.

REGRESEMOS

Regresemos siempre adonde el deseo quiera
   conducirnos,
ahí siempre es el centro. Ahí nace el principio y el
   término.

Yo soy siempre el centro.
Mi pensar se expande como el universo en toda
   dirección.
Salgo de mí mismo y a mí mismo vuelvo.

En cada retorno vengo más perfecto, relativizado,
   ni malo ni bueno.
Regresemos siempre a comenzar de nuevo,
para comprobar si el deseo es cierto.
Reiterando siempre el mismo proceso,
hasta conseguir un solo elemento.

En cada regreso de muerte y de vida queda en la
   materia un prejuicio menos.
Regresemos, porque en cada vuelta queda un
   error menos.
Regresemos siempre, hasta conseguir ser tan sólo
   buenos.
Sin rencor, codicia ni resentimientos.

N.I.H.I.L.I.S.

Como el sabor o el olor regresan siempre a revivirnos la memoria sin que jamás podamos repetir el hecho porque sólo quedan metáforas de recuerdos, hipótesis muertas que sólo sirven para que el deseo las eche de menos, pienso:

No hay nada en el pasado ni nada en el futuro, ¡el desconocimiento!, y en el presente sólo sufrimiento y dolor para los esclavos. La tortura como una pesadilla, la esquizofrenia, el desequilibrio.

Para ser libre hay que estar completamente solo. Sin necesitar de nada ni de nadie. Detrás queda la historia y el error por corregir. Delante, el proyecto de la liberación del sufrimiento siempre pendiente por culpa de los necios.

Hay veces que para poder ser feliz sólo nos queda, como una intuición, la esperanza que hay detrás del horizonte, del más allá.

¡No, no es como tú dices, un dios!

EL CONCEPTO DE IGUALDAD
O AUTORIDAD MORAL

¿Tiene la persona derecho a renunciar a su vida?

Desde el instante en que adquiere una conciencia ética, categóricamente, sí.

PRIMERO, porque está capacitada para hacer un juicio de valor sobre el sentido de la vida como un todo genérico y de sus entrelazados derechos personales y colectivos.

Y SEGUNDO, porque está capacitada para comprender el valor de su vida individual y las consecuencias de renunciar a ella conscientemente.

Así, la muerte como un acto de libertad es una reflexión exclusivamente personal. El grado de comprensión, aceptación y tolerancia social, aunque puedan servir como puntos de referencia, no deben ser determinantes a la hora de ejercer un derecho que es exclusivamente personal.

En casos de enfermedades irreversibles y de taras físicas que incapacitan a la persona para sobrevivir por sí misma —tetraplejía, por ejemplo—, casi todo el mundo afirma comprender las razones. Es decir, el deseo común, o sentido común, considera dichas circunstancias no deseables. La tolerancia, al menos, ante la opción de renunciar a ellas mostraría la superioridad de los dominantes.

LA DIGNIDAD Y LA MUERTE

Sólo el análisis que hace el individuo a partir de sus circunstancias puede determinar el concepto de su propia dignidad. Sólo la conciencia personal puede aceptar como digna y tolerable una circunstancia dolorosa que otra consideraría irracional, indigna e insoportable.

Toda persona tiene el derecho de rechazar cualquier análisis que le sea impuesto por otra conciencia, tanto personal como colectiva —teocrática o democrática—. La persona sólo puede ser regida por su conciencia. Regirse por la conciencia significa algo más que la libertad de pensar. Regirse por la conciencia lleva implícito el derecho a que la voluntad sea escrupulosamente respetada. Sólo tendrá el justo límite que le impone el derecho de otra conciencia a disfrutar de la misma libertad. No puede haber ningún impedimento para la libertad de obrar en conciencia, dentro de los límites éticos de la igualdad.

En una verdadera cultura de la vida, el derecho de la muerte como un acto de libertad de conciencia es la conducta moral positiva.

Se dice que vivir en sociedad conlleva deberes y derechos. Sí, pero cuando una parte es la que impone las normas, a la otra sólo le queda el deber de la obediencia y el derecho al pataleo estéril como única forma de discrepancia. Eso no es respeto sino paternalismo.

Cuando a alguien se le niega un derecho cuyo ejercicio efectivo resulta esencial para que se cumpla su voluntad, y con ello el respeto por sí mismo como ser humano libre, a esa persona sólo le queda el deber de la humillante resignación. Esa esclavitud de la conciencia es la verdadera cultura de la muerte.

Sin el derecho a ser dueño y señor de toda su persona, el ser humano no disfruta de plenos derechos.

No puede haber dignidad posible ni libre albedrío sin libertad plena.

Si no tiene el derecho a renunciar a su vida, nadie es dueño de ella.

RAZÓN Y EVOLUCIÓN

La vida ha evolucionado corrigiendo sistemáticamente el error. Si el derecho del individuo a renunciar al dolor irracional fuese un error contra la vida, la razón pura hallaría el medio de corregir el desequilibrio. Hoy, el desequilibrio universal lo está provocando el fundamentalismo, tanto religioso como político-jurídico, que propugna la obligación moral de sufrir. ¡Lo que el sentido común rechaza, que es lo mismo que decir la justicia y la razón!

LA MUERTE Y LA TRASCENDENCIA

Por ahora, resulta imposible la prueba empírica que demuestre la trascendencia del ser consciente. Pero sólo aceptando la idea de un plano distinto de nuestra consciencia después de la muerte puede el individuo liberarse del esclavizante temor.

La muerte está para algo en el esquema de la vida. Puede considerarse que es siempre regeneración, un método infalible de corregir el error. No es buena ni mala. Desde un punto de vista ético, es positiva si es voluntaria y busca el equilibrio. Es una ley de la matemática universal. Mientras no exista la conciencia ética es una ley amoral. Después de la conciencia ética, puede resultar un bien o un mal, depende del equilibrio entre el placer y el dolor. Sólo el individuo puede valorar y juzgar la conveniencia de acceder a un plano distinto en el equilibrio cósmico.

Cuando el ser toma conciencia de que es mortal, su error no es que aspire a la inmortalidad, el error es que acepte el sufrimiento irracional y soporte cualquier circunstancia humillante si alguien le promete que con ello tiene la seguridad de conseguir esa inmortalidad. Ésa es la tragedia del ser humano: un temor exacerbado a la idea de morir, como un acontecimiento negativo, lo ha convertido en esclavo de sufrimientos y circunstancias dramáticas que, racionalmente, no tienen sentido.

Si considera indigno o insoportable un sufrimiento quien renuncia voluntariamente a la vida, se hallará en un lugar mejor, equilibrado. Ya habrá trascendido positivamente.

Cuando la muerte se provoca para liberarse del sufrimiento producido por una enfermedad incurable o circunstancia dramática, es la vida misma la que busca el equilibrio. Es la razón que se impone al instinto. La muerte tiene más valor moral que la vida.

¿ADÓNDE VAS?

¿Adónde vas, materia?
Voy buscando sentido.
¿Por qué aceptas entonces
sin sentido el dolor?

¿Por qué arrullas al hijo?
¿Por qué lloras si sufre?
¿Por qué lo quieres libre,
sabio y trabajador?

Porque buscas sentido,
vas buscando lo bueno,
sistemáticamente
corrigiendo el error.

Esa metamorfosis
te vuelve más perfecto;
sólo tiene una meta:
llegar a superior.

Todo lo que te duele
clama ser corregido;
es tu único objetivo
superar el temor.

Vas evolucionando,
renaces cada instante,

vas siempre hacia adelante
acosando al dolor.

Hasta que lo derrotes
no cejes en tu empeño,
hasta que te proclames
eterno vencedor.

Ése es todo el sentido:
corregir la injusticia
evitando a la vida
sin sentido el dolor.

Pero a toda la vida,
pero a toda la vida,
no tan sólo a la vida
del ser dominador.

LOS PREJUICIOS

Era la noche de estrellas en nuestro paraíso. Ella vestía su traje de Eva. A la orilla de nuestro vergel, anhelante y con toda su vida en la palabra, imploraba por recobrar el sueño que se nos perdía. Pero mis prejuicios creados de palabras podridas y envenenadas arrasaron con todo lo hermoso.

Como el huracán, aullaban en mi atávica y corrompida entraña con la resignación del ser domesticado: ¡Es una ramera! ¡Es una perdida! Sería todo eso, pero era mi vida entera.
Y se fue alejando aquel suave llanto. Se fue difuminando el sueño.
¡Amor, seré lo que tú quieras! Era lo que yo más quería.

Pero mi cuerpo vacío se alejó caminando. Me fui del paraíso por cobardía.
Cuando me volví, para verla vestida de luna, eran las cinco de la madrugada.

Algunas noches de luna llena, a las cinco de la madrugada, le envío desde el infierno dos perlas al recuerdo de un nombre... QUERIDA, GRACIAS.

CREENCIA Y RAZÓN

Como es lógico, el paso siguiente en el proceso de metamorfosis evolutiva tiene que ser la razón científica y pura que sustituye a la creencia ciega, es decir, la constatación de la prueba empírica para corregir la incoherencia.

Aquellos que afirman que la ciencia tiende a convertirse en amoral y soberbia se equivocan. La ciencia nunca puede convertirse en amoral porque nace del deseo humano de buscar la verdad. Es absurdo que el ser humano sienta la necesidad imperiosa de conocerse a sí mismo científicamente para acabar perjudicándose. La razón, entonces, no tendría sentido. Que algunos seres humanos utilicen los conocimientos científicos para imponer su dominio amoral es algo muy distinto.

Las religiones se niegan a aceptar la metamorfosis, la evidencia. Estrangulan la manguera. Siempre han frenado el fluir racional. Sus temores han provocado la catástrofe de la intolerancia y el fanatismo.

La vida tenía —y tiene— prevista la metamorfosis de la razón crítica, la ética de la conciencia personal como método acelerado para la corrección de errores.

El más grave error que ha cometido el ser humano es no haber corregido el dolor y la crueldad de la dominación instintiva. Persistir en la perfección de la crueldad cazadora y dominadora, en vez de rechazarla, lo descalifica como ser superior.

Si la metamorfosis racional tiene como finalidad corregir el dolor de la crueldad amoral de la naturaleza, una especie que alcanza la capacidad del raciocinio es, precisamente, porque quiere liberarse de ese terror. Sin embargo, cuando consigue aislarse de los devoradores, se olvida de la responsabilidad que tiene con sus hermanos de vida y comienza a devorarlos. Extermina al feroz y ocupa su lugar. Ésa es la verdadera culpa del ser humano, su pecado original: se ha traicionado a sí mismo. Violó la ley. Traicionó su propia conciencia. Interrumpió el proceso de su metamorfosis hacia la superioridad ética y moral.

Las religiones apoyan y explotan esta conducta incoherente y feroz. El ser racional, cuando tomó conciencia de que ya era libre, que era adulto, que debía pensar con justicia, convertirse en protector y defensor responsable en vez del protegido inconsciente e irresponsable; cuando —como dice la parábola— comió del árbol de la ciencia, se vio asaltado por el pánico de la responsabilidad. Y se niega a ser padre. No acepta la responsabilidad de ser libre y de liberar a la vida de la injusticia, es decir, de lo que su conciencia rechaza y lo atemoriza. Para evitar la responsabilidad de sus actos, se inventa un padre y se pone a rogarle. Sólo que se está engañando a sí mismo ya que tal padre no existe. Su conciencia es ese padre dios a quien reza. Cuando se les dice esto a las religiones, montan en santa cólera y acusan al racionalismo crítico y científico de ser poco menos que el espíritu del mal. El ser humano no quiere ocupar el lugar de Dios-Padre, porque no le interesa asumir esa responsabilidad.

Las religiones son culpables del crimen, de la

traición, porque son las mayores promotoras de que el ser humano siga eternamente en su lugar de esclavo de su padre, o parásito heredero de sus bienes, irresponsable en cuanto a su poder de causar sufrimientos a los demás seres vivos en beneficio propio.

Hay padres que convierten a los hijos en inútiles. Las religiones hacen otro tanto con la humanidad.

El peligro de catástrofe para la vida está en que la razón sea eternamente boicoteada por sus enemigos, en que la metamorfosis no culmine.

Todo fenómeno desconocido atemoriza al ser viviente, es fácil manipular psicológicamente ese temor en el humano aprovechando para ello la ignorancia y la superstición.

El temor es el peor enemigo del ser humano. Si la vida es un proceso continuo de metamorfosis, aquellos que utilizan el temor a la muerte y al dolor para dogmatizar y salirse con la suya son culpables de atentar contra la ley de la vida.

EXISTO INÚTILMENTE
O EL VALOR DE LA VIDA

Existo inútilmente para la vida
porque no tengo fuerzas para cantar,
ni un barco con cañones, como el pirata,
para sentirme libre sobre la mar.

Hay un secreto ritmo, un fuego, una esperanza,
un giro femenino en torno de lo eterno,
pero ni yo le canto, ni me canta la vida:
cuando hacemos balance, tenemos cero.

Pongo todas mis fuerzas, perdono y amo,
pero siempre me da cero, negativo.
Existo, por lo tanto, inútilmente.
Soy, y no puedo ser; ni estoy muerto ni vivo.

Como el cero, no tengo valor alguno,
y si yo no me tengo ningún valor,
existo inútilmente para la vida,
y existo inútilmente para el amor.

EUTANASIA Y RAZÓN,
LA METAMORFOSIS QUE NUNCA
DEJAN CULMINAR

La duda ya no está en saber si la eutanasia, como un acto racional, debe o no debe ser un derecho personal cuyo juez es la conciencia. La duda radica en si alguien puede obligarnos a vivir en la sinrazón.

No hay crisis de valores o de religiones. Las religiones son la crisis.

La vida evoluciona como el agua que fluye por una manguera. La manguera no se puede estrangular para detener el agua. Reventará.

La mentira, o el error no corregido a tiempo, siempre provoca la catástrofe. Cuando se descubre que una hipótesis es inexacta y no se cambia, también. Las religiones se han encontrado con insalvables contradicciones en su afán de explicar el origen, sentido y valor de la vida. Cometieron graves errores deductivos, pero se niegan a corregirlos.

LAS SECTAS

El fenómeno de las sectas y su proliferación es comprensible. En toda crisis los sectarios se aprovechan del temor a la libertad, al dolor y a la muerte que siente toda persona, para esclavizarla ofreciéndole a cambio la protección de su mito.

En un tiempo, el cristiano aterrorizaba a sus feligreses con quemarlos vivos. Hoy les amenaza con el castigo eterno si abandonan su protección. Los musulmanes descuartizan y destripan a las mujeres embarazadas con el fin de provocar el terror en todo miembro del rebaño que pueda tener la tentación de abandonarlo.

Cuando se les acusa de ser los responsables de esa bárbara explotación, los predicadores siempre repiten la misma argucia: ¡pero eso no es Dios quien lo hace, él no es el responsable de la barbarie!

Claro que no, pero los rebaños están ahí aterrorizados y silenciosos sin una conciencia crítica, incapacitados para rebelarse contra los pastores.

¡Fuera de Dios espera la condenación eterna!, dicen los adoradores del mito que han adoptado como protector.

Aunque eso sería un milagro, me gustaría que a los pastores se les iluminase el raciocinio y entendiesen que la razón no pretende ridiculizar ni tampoco ser peyorativa o soberbia.

Si el ser humano —la vida— va en busca del conocimiento, del origen y del sentido de su existencia, resulta absurdo que se detenga en la idea de que su meta culmina en el hallazgo de un ser protector. Es una incoherencia. Si es capaz de idealizar a un ser superior, su meta es «SER SUPERIOR».

Cierto que el ser superior es misericordioso, justo, compasivo, caritativo, bondadoso y noble: Buda, Cristo, Mahoma, Marx, Engels, Voltaire, Sócrates, Che Guevara, Fidel Castro, Georges Roos, Don Quijote tienen todas esas virtudes. Todos buscan la liberación, no la esclavitud.

Lo característico de un ser superior es que, antes que protector, es un defensor. ¡Por si alguien no entiende, o no quiere entender, me refiero a un espíritu superior, no a un ser dominante!

¿Defensor de qué? De una justicia ética universal. «Obra bien, y haz lo que quieras» (san Agustín). El ser humano no puede proteger a la vida contra la ley del dolor, pero la razón sí puede defenderla de todo parásito que atente criminalmente contra ella esclavizándola. La eutanasia voluntaria es la culminación de la razón que le encuentra sentido y bondad a la muerte.

EUTANASIA. TEMOR Y TRASCENDENCIA

Sólo un temor exacerbado a la idea de la muerte y la consiguiente desintegración material puede llevar al ser humano a convertirse en un ser sin criterio ni voluntad propia, programado desde antes de nacer para ser esclavo de cualquier pícaro conocedor de la psicología del temor y la forma de manipularlo a su antojo. Sólo el conocimiento de nuestro propio proceso evolutivo puede liberarnos de esa esclavitud. El creyente obra bien por temor al castigo, el racional porque se entiende a sí mismo.

QUERERME BIEN

Yo prefiero con el sueño una alianza
que me libre de esperar inútilmente
el milagro de alcanzar, ingenuamente,
el favor de no morir, que no se alcanza.

Que me humilla y me degrada la alabanza
de implorarle a lo divino absurdamente
a un señor y padre nuestro indiferente
que responde a mi dolor con desconfianza.

Es quererse, el querer también la muerte
como parte del misterio y del destino
como mezcla de lo débil con lo fuerte.

Que es amor quererme bien como adivino
que me guíe mi razón y no la suerte
por deseo y voluntad de lo divino.

EL MAL
SON DESEOS FALSIFICADOS

En el proceso evolutivo, el deseo hace al órgano. Una palabra puede ocultar intencionadamente —o no— una mentira. Un deseo, jamás. El deseo puede ser interesado y egoísta, o generoso y noble, pero no miente. Si el deseo, tanto personal como el común, consideran la tetraplejía o la enfermedad terminal como algo no deseable, quien falsea la verdad es el creyente que considera un deber moral el hecho de sufrir. El creyente falsea la verdad porque es inconscientemente un ser dominante que basa su razón de ser en que esa falsedad exista. El juez que aplica la ley, afirmando cumplir con un deber, inconscientemente desea que la ley exista porque le interesa a su bienestar. Padres, abogados, políticos, médicos, sociólogos, periodistas, psiquiatras, psicólogos, desean que el mundo exista en función de sus deseos y no que sus deseos existan en función de un mundo sin dolor. Y así hasta formar esta trama infernal a la que todo el mundo califica de injusta, depravada y corrupta, sin que sin embargo nadie sea al parecer directamente responsable de la incoherencia.

Decía el sabio que él estaría dispuesto a dar su vida por defender el derecho de una persona a expresar sus pensamientos.

¡Si se entienden las razones por las que una

persona desea renunciar a su vida es porque le resulta justa a la conciencia ética! Lo justo entonces no es prohibir porque así lo establece la ley, sino modificar la ley que protege una costumbre supersticiosa.

El juez, como el sabio, debería ser el defensor de la razón y no solamente el protector de astucias y ambigüedades políticas.

¿Qué clase de humanidad racional es aquella que comprende al que reclama un derecho pero no modifica la norma que impide ejercer libremente ese derecho?

Los fundamentos de derecho en que se apoyan los jueces para justificar que el interés de la vida humana está por encima de la voluntad personal parecen de dudosa moralidad.

Anteponer el interés colectivo a lo personal podría tener fundamento en circunstancias excepcionales de emergencia, pero no se debe convertir en una costumbre totalitaria que anule la conciencia personal. En la normalidad, este principio predominante debe mantenerse dentro de los principios de una razón evolutiva —constitucional—. Libertad, justicia e igualdad.

Para poder utilizar obligatoriamente al individuo en función del grupo tendría que darse un peligro real de extinción de la especie. Como ésta no es la circunstancia, negar el derecho a liberarse del dolor irremediable es una crueldad.

La tolerancia es una virtud de los espíritus moralmente superiores.

El Estado y la religión, en su condición de grupos y castas institucionalizadas para dominar, no tienen razones de peso ético y moral para negar el derecho de la persona a terminar con su vida.

La voluntad personal es más noble porque lo que busca la razón no es terminar con la vida, sino con el dolor, que no posee sentido para la vida. Lo que persiguen Estado y religión es imponer el principio de autoridad. Pero un principio que anula la libertad de conciencia es un principio totalitario, inmoral. Cierto que el tirano dirá que proporciona a sus esclavos trato humanitario y un razonable bienestar, pero ése no es el sentido de la vida racional. El sentido de la razón tiene que ser liberar a la vida de lo absurdo. Uno de los grandes absurdos es que se niegue el derecho a morir racionalmente. Y el otro, que sean los fundamentos de derecho los que marquen el camino a la conciencia ética, y no la conciencia ética la que vaya corrigiendo sistemáticamente el error y marcando los fundamentos de derecho. Para ello tendrían que gobernar los justos y sabios. ¡Hoy por hoy, lo hacen los intolerantes y necios!

¡Para alcanzar la condición de humano es imprescindible liberarse de la tutela de los dioses, del predominio de la creencia! Lo mismo que le resulta imprescindible al ser humano liberarse de la tutela de sus padres para alcanzar verdaderamente la madurez psicológica. De la tutela de dioses y padres es fácil liberarse, lo que resulta imposible, al parecer, es hacerlo del cruel paternalismo de las religiones y Estados. ¡Ninguno de ellos posee la tolerancia y nobleza de los dioses, ni el amor de los padres! Es injusto —por esclavizante— que el Estado, con la complicidad de los jueces, se arrogue el derecho de proteger la vida de la persona en contra de la voluntad de ésta, mientras toleran crueldades aberrantes contra la vida. Esa conducta paternalista podría tener sentido si las razones expuestas por quien desea renunciar a ella no fuesen comprendidas —y compartidas— por una mayoría democrática, o por

una minoría intelectual ética y moralmente cualificada.

Se dice —como distintivo de imparcialidad—
que la justicia es ciega y sorda. Semejante conducta en un juez, más que una virtud es un síntoma de corrupción ética. Si un juez olvida la parte
sentimental y afectiva se transforma en un ser
amoral. Es decir, en un animal.

Resultaría monstruoso que el Estado utilizase
al individuo como mero consumidor de produc-
tos farmacéuticos, cobaya del sistema sanitario y
sus técnicos, o de la moral religiosa. ¡Sin embargo parece ser así!

El derecho y la verdadera ética son aquellos
que toleran y respetan las ideas de los demás con
el mismo respeto y tolerancia que reclaman para
las suyas.

A la justicia sólo le correspondería juzgar si los
códigos se ajustan a una conducta ética, y no que
la conducta ética se ajuste a los códigos.

Con respecto al sentido de la vida, cada individuo es un ser único. Como ser racional tiene el
derecho a hacer sus propios juicios de valor y a
determinar hasta qué límites de degradación física —o sufrimiento irracional— está dispuesto a
soportar para conservarla. O lo que es lo mismo,
hasta qué grado de humillación está dispuesto a
llegar. Sólo así habrá evolución racional.

Cada individuo es un proyecto de la vida en
busca de la verdad. Cada vez que alguien le prohíbe a una persona liberarse de un sufrimiento
irracional, se protege la mentira y la maldad, pues
supongo que sólo al diablo se le puede ocurrir la
genial coartada de la obligación moral de soportar
el dolor porque eso purifica al hombre. Cuando se
sacraliza el imperio de la ley y los fundamentos de
derecho que la sostienen, se mata la razón y se

crea el mal. Las leyes no podrán proteger todos los casos de injusticia, pero la razón sí. ¿Cómo? Reduciendo las dimensiones del poder a grupos humanos cuyas decisiones puedan ser controladas democráticamente, y la palabra pueda ser ley. La justicia entonces se trasvasaría del pueblo al Estado, nacería en la conciencia de cada ser humano y no sólo en la conciencia de grupo que proponen las castas dominantes.

Entre grupos de personas donde es posible conocerse entre ellas, elegir a los más nobles, sabios y justos es sencillo. En el caso concreto de la eutanasia, los jueces más idóneos son aquellos que más nos aman, conocen y respetan.

Considero que a interrogantes de carácter personal sólo la razón personal puede dar respuestas ajustadas al derecho humano. Sólo la razón, desde su circunstancia, dispone de todos los datos para hacer un juicio de valor justo y equilibrado. Sólo el sentido de la dignidad personal puede juzgar si es preferible renunciar o no a la vida. Sólo la razón personal puede decir cuándo dispone de la libertad y la felicidad necesaria para vivir.

Si no está en su perspectiva de futuro como ser humano existir en función de conceptos éticos y morales de otros.

Si no es su concepto de vida aferrarse a la idea protectora de un mito y someterse a su voluntad.

Si la persona considera que ser humano, y vida, es un estado de equilibrio entre lo físico, lo psíquico y lo anímico o espiritual, que no consiste en ser un cerebro pensante y sentir con mayor o menor sensibilidad.

Si se considera que la vida tiene como único propósito evitar el dolor inútil que la razón no puede de ningún modo justificar más que creando un infierno absurdo.

Si se considera que la muerte es una ley suprema universal de la que la razón puede hacer uso, con el único propósito de evitar lo irracional, que expliquen los jueces y todos aquellos que justifican el sufrimiento incurable como ejemplaridad moral, en qué consiste el delito, el crimen o el mal de la eutanasia voluntaria.

Lo inmoral es que se califique en nombre de la ciencia, del derecho y la razón para descalificar a quienes reclaman el derecho a no existir irracionalmente.

La eutanasia no es una ley planificada desde la conciencia inmoral —o amoral— de un Estado, sino un derecho y una libertad tutelada por la conciencia personal y con la colaboración —si fuese necesario— de alguien que nos ame y respete lo suficiente para que no anteponga sus creencias o intereses a los nuestros.

ASÍ ES LA LEY

Allí donde no predomine la razón pura sobre la ley, sobrevivirá eternamente la injusticia.

Cuando la filosofía se convierte en fundamento de derecho, la razón se inmoviliza, nace entonces el fundamentalismo, la intolerancia, el fanatismo.

Si una persona existe en función de un código normativo que impone conceptos éticos y morales de otros, ¿para qué ha tenido una conciencia ética personal?

Cuando se hace esta pregunta, aquellos que desean el predominio de la ley sobre la razón, es decir, quienes no desean modificar la norma que protege su personal interés o de grupo, afirman que eso es filosofía.

¿Y de dónde nace el derecho?

En la sentencia a mi demanda de eutanasia —en la que se pregunta si debe ser castigada la persona que preste la ayuda—, el fiscal dice, según los fundamentos de derecho, y el juez confirma, que los conceptos de libertad, justicia e igualdad que la Constitución propugna no vienen al caso. ¡Así es la ley!, parecen decir. Pero el juez, el fiscal y todo ser bien nacido, tiene el deber moral de ser justo. Y la justicia es, antes que ley, razón ética y humana. La justicia es un proyecto de la vida —la verdad— hacia el bien.

Lo justo no es la igualdad ante la ley. Lo justo es la igualdad ética y moral entre cualquier persona y quienes hacen la ley y los encargados de aplicarla. Lo que se debe juzgar es la moralidad o inmoralidad de la demanda.

Cuando un juez no se plantea si una demanda es justa o injusta, se convierte en un inmoral fundamentalista.

Un verdugo puede ejecutar a una persona y lavarse la conciencia diciendo que cumple con su deber. Un juez que lave su conciencia con la ley y los fundamentos de derecho, en casos de conductas éticas democráticamente reclamadas como derecho personal, es un delincuente. Se entendería que dijese que él está obligado a interpretar la ley y a aplicarla según los fundamentos de derecho, pero como lo que se juzgaba en mi demanda no es un delito sino una modificación de norma, debería argumentar si le parece justo o injusto el rechazo que los códigos y sus fundamentos le obligan a proclamar. De este modo, los legisladores tendrían un cualificado punto de referencia humana a la hora de legislar.

Se puede lavar la responsabilidad diciendo que eso es asunto a resolver por el legislador, y mientras la norma nos favorezca, lo más cómodo es cumplir con el deber.

Si la autoridad ética y moral individual no tiene el mismo peso y consideración a la hora de legislar que la de los elegidos como castas dominantes —autoridades—, el individuo es un simple esclavo de conciencia. Podrá disponer de un raciocinio, una conciencia ética coherente, pero sin más autoridad que la de un simple animal doméstico. El cordero al que sacrifican, no el que se sacrifica a sí mismo.

POBRES PUEBLOS

Siempre gana el más feroz cuando lucha en nombre del pueblo —eso dice él—, pero él es el tonto del pueblo al que le dan una medalla, una condecoración y un fusil y lo ponen de perro guardián amaestrado para que vigile el rebaño de su dueño. Él se cree el jefe del Estado, el caudillo que ama su pueblo, pero es tan sólo el tonto del pueblo. El feroz es su amo, su invisible dueño.

¡Pobrecito pueblo!

¡Qué triste destino el de ser guardado por un feroz perro que se imagina que él y su amo son los únicos animales buenos!

YA VIENEN LOS REYES MAGOS

Ya llegan con sus dones los Reyes Magos
para los niños chusma de Bogotá,
de Madrid, de Brasil o de Panamá,
huérfanos olvidados de Dios por vagos.

Se los mandan los ricos por los estragos
que causan a la imagen de la ciudad:
lindas balas de plomo por caridad
porque no sufran más le hacen halagos.

Matar a los mendigos como una plaga
para que los proteja de todo mal
el dios omnipotente del capital
y no infecten su casta como una llaga,
la de los elegidos; para eso pagan,
para matar los niños que huelen mal.

LA ESPERA

Desde el fondo del tiempo donde espera la memoria para redimir a la vida del dolor, un atávico sueño de químicos impulsos se va repitiendo: tic, tac, tic, tac,... Amor, amor.

Un misterio indescifrable a punto de explotar en cada segundo va y viene por mi laberinto infinito, retornando siempre como luz y sombra. La cábala, la fantasía, la matemática cifra en el fondo del tiempo donde estamos perdidos espera vigilante el fin de la mentira.

LA RENUNCIA

Siempre presente como un tormento,
como un hechizo, por la palabra que pronunció
como el insecto que anda volando enloquecido
con una idea por lo infinito de una obsesión.

Una palabra, tal vez perdida, sin importancia,
una comparación inexacta, tal vez,
no quiero saber si es premeditada, con alevosía;
sea falsa o verdad me hace estremecer.

Un sensible lamento del lugar profanado
donde estuvo mi llama a punto de volverse a
      encender
con la magia de una palabra tierna, de un
      nombre añorado,
pero hay llamas que más vale no dejar renacer.

Vivir es solamente una eterna renuncia
y hay renuncias que son imposibles de poder
      explicar;
por ejemplo, a unas manos amigas que regalan
      ternura,
cómo decirles: «no quiero la ternura,
      porque me hace sangrar».

Siempre renunciando desde que nacemos
a lo que no queremos nunca relegar,

a los más grandes gozos: amor, libertad, vida.
Y, sin embargo, siempre nos hacen renunciar.

Siempre presente como un tormento,
algo que nunca puedo explicar.

Tercera parte

A LOS CORDEROS

Queridos amigos:

¡No fue posible el triunfo de la razón!

Cuando esta carta sea leída, habré muerto por falta de forma. Hay tres culpables directos del crimen: el Estado, la religión y todos aquellos que se amparan detrás de la ley para imponer su voluntad. Los que la hacen y los que colaboran en su creación y aplicación aunque duden de su moralidad.

Tenía la esperanza de que la razón se impusiese al fanatismo y a la superstición. Es decir, que le sea devuelta al individuo la conciencia personal. ¡Me equivoqué! Existe un condicionamiento psicológico insuperable para el ser humano cultural y éticamente degenerado: el miedo al castigo si desobedece.

¿Y a quién temen los individuos componentes de un gobierno democráticamente elegido para legislar de acuerdo con unos principios constitucionales?

A la verdad, a la libertad, o tal vez a su conciencia, y por eso la someten a una suprema entelequia llamada Estado, a la impune voluntad de un amo invisible que impone su autoridad e imparte su justicia a través de su palabra sagrada

que es la ley. De este modo se liberan de la responsabilidad, de la culpa y del miedo.

¡Mientras les queden corderos para devorar,
seguirán seduciéndolos!

CARTA ABIERTA AL
JEFE DEL ESTADO ESPAÑOL

Majestad, protesto:

Tengo delante de mí un escrito de los Excelentísimos señores magistrados de la Sala segunda, Sección tercera, del Tribunal Constitucional, Don Luis López Guerra, Don Eugenio Díaz Eimil y Don Julio González Campos, explicando las razones por las que me es rechazado un recurso de amparo promovido por mí como consecuencia de una sentencia desfavorable de la Audiencia Provincial de Barcelona que denegaba mi petición de que no fuese castigada penalmente la persona que me facilitase la sustancia química que yo, libre y voluntariamente, solicitase con el fin de terminar mi vida de un modo racional y humano, hallándome incapacitado físicamente para llevar a cabo ese acto por mí mismo. Sólo así se cumpliría el principio de igualdad, pues toda persona goza de la libertad de terminar su vida, si ésa es su voluntad.

Sufro una tetraplejía.

Desde hace algunos años vengo llamando a las puertas de los palacios de la justicia, pero sus servidores acabaron siempre poniéndome un obstáculo nuevo: el Defensor del Pueblo me dice que el asunto corresponde ser resuelto por el Legislativo; el subsecretario del presidente del Gobierno, con

213

el poder de legislar, responde, más o menos, que la ley es la ley y a ella hay que aferrarse; el juez de Primera Instancia analiza mi demanda según la filosofía de códigos a los que la Constitución ha dejado obsoletos; la Audiencia de Barcelona dice que no estoy obligado a vivir, pero que existe un vacío legal para juzgar el asunto que yo les planteo; el ministro de Justicia afirma que no existe vacío legal, y, por último, los señores jueces del Constitucional rechazan el recurso por falta de forma, cuando dos tribunales ya habían entrado en el análisis de fondo, que era lo más importante.

Esto no es cumplir con el deber de hacer justicia; esto es astucia burocrática; poner trabas, obstaculizar.

La forma no tiene nada que ver con la justicia. La forma es tan sólo el camino que se debe seguir para que la burocracia sea más eficaz y funcione.

Rechazar el recurso por falta de forma es además una burla, pues, en primer lugar, la demanda nunca debió haber pasado por ningún tribunal si se sabía desde un principio que sólo el Constitucional podría juzgar el fondo del tema.

¿A qué viene entonces andar enredando el asunto por los tribunales de justicia, cuando se sabe que ningún juez podrá dar una sentencia definitiva?

La falta de forma puede ser excusa suficiente para rechazar el recurso por parte de los jueces, pero no es ético. Debería haber sido bastante excusa —o atenuante— para aceptarlo, el hecho de que no tengo medios económicos para costearme un letrado particular y tuve que buscar asesoramiento y apoyo jurídico gratuito donde lo hubiese. Se da la circunstancia de que ese letrado —altruista— tiene su residencia en Barcelona.

Majestad: como jefe del Estado, os ruego deis

una lección de ética a vuestros servidores, si no pudiéreis llamarlos al orden. Ser juez supone ser algo más que un simple burócrata. El fundamento de toda ética y toda moral es —o debería ser— el respeto y la tolerancia, pero no solamente de abajo hacia arriba.

Ya es bastante humillante la condición de súbdito sin yo haberlo solicitado, pero respeto el juego mientras me parezca equilibrado, racional y justo.

Asimismo es bastante humillante que una determinada moral religiosa trate de imponerme sus conceptos y creencias sin yo quererlo, pero las respeto porque así es el juego mientras parezcan equilibradas y justas, y mientras aceptarlas sea un acto voluntario.

También es humillante que se me obligue a sobrevivir en contra de mi voluntad, en nombre de la sacralidad del sufrimiento y supuestamente del interés colectivo. Lo respeto porque así es el juego, pero no me parece respetuoso, ni justo, ni equilibrado, ni bueno. Por eso acudí a los jueces, quienes se lavan las manos a través de la forma y demuestran con ello su manifiesta mala voluntad.

¿Debo pensar que los señores jueces siguen instrucciones del Consejo de Estado porque son jueces y parte?

Yo les planteaba un conflicto de intereses entre tres maneras diferentes de entender el sufrimiento incurable, y el valor que éste tiene en el sentido de la vida; la religión quiere justificarlo como un acto de ejemplaridad moral y la posibilidad de ganarse la benevolencia de su dios. El Estado, o mejor dicho, las castas que lo componen, lo utilizan en su propio interés, pues tienen que contentar a todos quienes tienen el poder de mistificar el sentido y valor de la vida, en función de justificar su propia razón de pertenecer a una casta dominante. Para la religión, la vida es de dios, para la filosofía jurídica del Estado es un valor que está por encima de la voluntad personal; para mí estas conjeturas me aparecen como aberraciones, pues quienes las proclaman son precisamente personas.

Por mi parte, pienso que la vida es —como todo en el universo— una cuestión de equilibrio: cuando el placer y el dolor se desequilibran tanto que sufrir se hace intolerable, sólo el deseo y la voluntad de la persona tienen autoridad moral para decidir si interesa soportarlo o no.

Decir que no se me responde por una falta de forma que no se juzga es la mejor manera de confirmar que los jueces no son libres a la hora de cumplir con su deber.

Una persona me comentaba que un miembro del Consejo de Estado había dicho que la eutanasia no se legalizaría por ahora porque no era conveniente políticamente. Yo me negaba a creerlo, pero los hechos me confirman que era verdad.

Yo no demando la legalización de la eutanasia, sino un derecho y una libertad personales. Si cada persona es un universo —un fin en sí misma— es irracional juzgar sus actos desde conceptos éticos y morales absolutos de carácter religioso, político o profesional. Lo único que tienen que juzgar aquellos que le niegan a la persona el derecho a ser dueña y soberana absoluta de su propio cuerpo, de su vida y de su muerte, es si el acto de terminar su vida, libre y voluntariamente, atenta contra algún derecho o libertad de otra persona. Eso sería dignificar al ser humano. Eso sería igualar los conceptos de trascendencia que ciertos grupos dominantes tienen sobre el sentido y valor de la vida como prolongación de una especie hacia un absoluto y metafísico fin, con lo relativo y concreto del interés personal, que es lo que tiene un espacio y un tiempo realmente conocidos.

Para la persona psicológicamente madura, morir es una opción; depende del dolor que tenga que soportar para disfrutar del placer de vivir. La muerte voluntaria, cuando tiene por finalidad terminar con un sufrimiento incurable o intolerable, es una forma racional —si se quiere, una intuición, un conocimiento de la materia— que busca en ese tránsito, trasmutación o desintegración, otro equilibrio; la permanencia en un estado más placentero; en todo caso más placentero del que se quiere dejar atrás por intolerable. El deseo de la muerte, cuando el sufrimiento es incurable, no es un atentado contra las leyes de la vida; es tan sólo el deseo de encontrar un lugar más placentero en otro punto del universo. Todo ser viviente rechaza el dolor. Desde el punto de vista personal, la muerte es un hecho inexorable. Por lo tanto resulta aberrante que sea el interés de otros el que le imponga cómo y cuándo, en estas condiciones, tiene que terminar su vida. Se trata de la muerte de uno mismo y no de la de los demás.

¿Existimos realmente las personas, o solamente existen las autoridades? ¿Somos personas verdaderamente libres, como se nos promete por el poder político, o unas conciencias esclavizadas como niños eternamente inmaduros?

El derecho de pernada, aquí entre vuestros vasallos, está tan arraigado que cada casta o institución cree tener derecho a ignorar —con un desprecio propio de bellacos— cualquier norma ética y moral nueva que pretenda superar ese anacronismo irracional.

La norma constitucional: todos la firmaron y

ninguno quiere cumplir la parte que no defienda su interés particular.

Yo acudí a los jueces en demanda de un derecho y una libertad personales que, a mi entender de ingenuo lector, la Constitución me garantiza; se supone que si tengo derecho a la vida, también debo tener —o debe haber— derecho a la muerte. Derecho a mi dignidad, a mi personalidad. A no ser torturado. A no creer, o a creer. Es decir, que mis actos sólo tienen que ser racionales, comprensibles para la mayoría (democrática) para ser tolerados.

Sin embargo, mi demanda se convirtió en un tema de controversia feroz entre los intereses que cada casta tiene al respecto de la libertad. Una de las frases que se repetía mucho era: «Dejando aparte la Constitución y las leyes...»

Políticos, curas, médicos y jueces, cada uno hacía el análisis desde su ética y moral particulares. Cada cual se enzarzaba en un debate genérico sobre la eutanasia y su legalización, pero siempre desde su punto de vista de grupos que basan su propia razón de ser en el hecho de sentirse autoridades protectoras sobre las conciencias de todas aquellas personas que no gozan del privilegio de formar parte del grupo —o grupos— que imponen su autoridad. Se ha debatido, pero no con el honesto y justo propósito de dignificar a la persona que forma parte del rebaño al que dicen servir, sino con el absurdo y astuto fin de servirse de ella y de él —persona y rebaño— a cambio de una supuesta protección con apariencia de mafia paternalista contra el miedo a la muerte y al dolor. Con esto se crea una interminable cadena de dependencia o esclavitud que los entes dominantes no quieren romper debido a sus intereses corporativos. Esas castas no desean una respetuosa e igualitaria interdependencia: desean el dominio.

Yo exijo el derecho constitucional porque es la única norma ética que me garantiza la liberación del totalitario y abusivo dominio de las castas.

Las promesas son sagradas, menos para los pícaros e inmorales.

Consideraciones constitucionales:

Considerando que la justicia emana del pueblo, como lo expresa la norma ética y moral del Estado (la Constitución), y considerando que el artículo 1.º —preliminar— dice que España se constituye en un Estado social y democrático de derecho que propugna como valores superiores del ordenamiento jurídico, la libertad, justicia e igualdad, y considerando que más del 66 % de los españoles —según las encuestas más rigurosas— opina que el derecho y la libertad que yo demando deben serme —serle— concedidos, parecería —o es evidente— que a los políticos, jueces y demás grupos corporativos les importa poco la opinión mayoritaria —democrática— de ese pueblo del que emana la conciencia de lo que es justo. Tampoco parece importarles mucho lo que dice el artículo 9.º, cuyo texto afirma que esos tres principios del nuevo orden jurídico que la Constitución propugna deben ser reales y efectivos.

Pero hay, además de la opinión mayoritaria del pueblo —despreciada por ignorante—, una opinión autorizada de la otra minoría intelectual que no forma parte del sistema oficial, pero sí con autoridad ética y moral en lo que a los derechos y libertades se refiere, que piensa igual que la mayoría y que también es ignorada en sus opiniones porque no forma parte de las castas dominantes.

Considerando todos los artículos —promesas— que la Constitución dedica al tema de los

derechos y deberes personales, yo acudí a los señores jueces para que arbitrasen quién es el que
hace trampa o no cumple las normas del juego de
la democracia. Los señores árbitros se han quita-
do el asunto de encima por una cuestión de forma, cuando —repito— ya dos tribunales habían
entrado en el análisis de fondo, que era lo más
importante. Eso es un acto de mala fe, injusto.
Ellos saben que ningún otro tribunal puede fallar
a mi favor porque se lo impide un ordenamiento
jurídico —ya obsoleto— propio y residuo de otros
totalitarismos. Los árbitros han fallado a favor de
su amo, que es lo mismo que fallar a favor suyo,
pues son jueces y parte.

Majestad, protesto:

Sí que existe un vacío legal, porque el derecho
y la libertad personales que yo demando se están
analizando con los códigos y conceptos éticos y
morales que no están de acuerdo con el nuevo ordenamiento jurídico democrático en el que la dignidad, personalidad y libertad personales son el
fundamento para la dignidad, libertad, respeto y
autoestima del pueblo.

Siempre hemos sido rebaño y parece que hay
muchos a quienes les interesa que lo sigamos
siendo.

Dicen que aquellos que no conocen su historia
—pueblos— están condenados a repetirla. Siempre se han rebelado los humillados contra toda
hipocresía y totalitarismo. Decid a vuestros vasallos que jueguen limpio, que sean honestos; que
los jueces deben ser justos y no astutos.

Me parece absurdo que se me haga esperar
tres o más años para volver al mismo sitio. Sólo
se entiende la disculpa burocrática de la falta de
forma si se hace con el único propósito de ganar

no sé qué tiempo. ¿Esperar a que me muera de asco mientras tanto?

¡Cuando se falta al respeto a una sola persona, se le falta al respeto a todo un pueblo!

En nombre de la sociedad:

En nombre de la sociedad y de su seguridad jurídica, no se puede cometer un atropello, una injusticia, contra un derecho personal.

La sociedad la forman un grupo de personas que asumen unas normas para defender intereses comunes. Es posible que el deseo y la voluntad de llevar a cabo algún acto de libertad personal, aunque no cause daño ni perjuicio alguno a otras personas, pueda ser un error debido a un juicio de valor mal enfocado. Pero si se acude a la opinión para comparar pareceres entre lo personal y lo colectivo, y la opinión mayoritaria es coincidente con la personal, es que no hay error en el juicio de valor y que, por tanto, lo que la persona reclama debe ser tolerado y concedido. Si se niega esa libertad, en este caso con la excusa de que así es la ley, lo que se está imponiendo es la voluntad de aquellos en quienes el grupo ha delegado la responsabilidad de hacer cumplir su voluntad. La justicia, entonces, ya no emana del pueblo —de una suma de voluntades personales— sino que han corrompido el concepto los mismos jueces encargados de administrarla, en connivencia con los políticos, religiosos y demás castas que utilizan sus conocimientos científicos, mágicos, místicos y míticos para imponer su voluntad a todos aquellos que no pertenezcan a los grupos considerados como el sistema de control y autoridades ética y moral.

Se dice, en un sofisma, que si se le permitiese a cada persona hacer su voluntad, la sociedad estaría desprotegida contra el mal.

El mal es el sufrimiento irremediable —y por lo tanto irracional— para todas aquellas personas que no creen en ese sufrimiento como la misteriosa voluntad de un dios. También hay un mal porque alguien cause a otra u otras personas un daño reparable, o irreparable, para conseguir un beneficio o interés personal o colectivo. Así, una persona que se encuentre en circunstancias de padecer alguna enfermedad incurable e irreversible que la llevará en un período de tiempo más o menos corto al desenlace de la muerte, a través del sufrimiento, o de otros estados de deterioro físico o psíquico, también incurables e irreversibles, pueden conducir a esa persona a desear terminar su vida antes que soportar un mal que a su juicio no merece la pena soportar, para sobrevivir una existencia con tan poco valor. ¿No se puede considerar que esa sociedad, que le niega un derecho a una muerte libre y voluntariamente decidida, está actuando de una forma malvada al imponerle la obligación de sufrir un mal que de ningún modo desea? ¿No está la persona desprotegida contra el mal al estar obligada a soportar el sufrimiento porque se lo impone una mayoría por su propio interés: el de mantener el principio de autoridad?

Majestad: respetuosamente protesto porque me siento desprotegido contra la maldad de unas minorías —pues la mayoría del pueblo está de acuerdo con mis planteamientos— que dicen actuar en nombre del Estado, cuya máxima autoridad Vos representáis.

Considero que la Constitución se ha hecho con el noble propósito de superar toda clase de intolerancias y fanatismos totalitarios. Yo he acudido honestamente a los tribunales de justicia con el propósito de reclamar un derecho que, sincera-

mente, creo que se me garantiza en esa norma ética y moral del Estado.

Los magistrados del Constitucional —Sala segunda, Sección tercera— han cometido un acto
injusto. Creo que en un juez, eso es igual a cometer deliberadamente una maldad.

Dicen que no se puede tolerar la muerte decidida como un acto de voluntad personal. Yo pienso que es la única de las muertes que la Humanidad podría justificar ética y moralmente.

Los jueces han argumentado falta de forma
cuando yo les preguntaba si era justo que se cas-
tigase a quien me prestase la ayuda que yo quiero
me sea prestada.

Se dice que esa ayuda me producirá la muerte. Basta que la razón entienda que a veces la
muerte es menos espantosa que el dolor que hay
que soportar para vivir, para que sea humana y
justa esa libertad.

¡Parece que todos pueden disponer de mi conciencia menos yo!

LA VERDADERA VIDA

Querido dios:

En mayor o menor grado, todas las religiones proponen el sufrimiento como medio de purificación espiritual. Según ellas, la verdadera vida está después de la muerte. ¿Para qué llegamos a racionales, entonces? ¿Para convertirnos en sufridores vocacionales? Para convencer suele acudirse a la ejemplaridad del sufridor paciente. Pero si algunos seres humanos, para comprender lo afortunados que son, necesitan ver sufrir a otros, es porque están incapacitados para amar. No es entonces ninguna voluntad suprema quien le niega a la persona el legítimo derecho a liberarse del sufrimiento, sino la corrupción moral del ser humano que se ha convertido en un parásito del dolor de los demás, siempre que le reporte algún beneficio o satisfacción personal.

La mayor de las corrupciones morales del ser humano es sin duda el haber querido justificar el sufrimiento como·medio de ganarse la benevolencia de la voluntad o principio creador de la vida —padre.

Uno de los fundamentos comunes a toda religión o filosofía que proponga la perfección ética y moral del ser humano es la renuncia y el sacrificio en función del valor superior —en teoría—.

Si es ejemplar éticamente renunciar a la codiciosa esclavitud de determinados sentidos. Si es ejemplar renunciar a la posesión del placer que puede reportarnos cualquier bien material, por lo que conlleva de sufrimiento en la explotación y embrutecimiento de otros. Si la vida es un bien superior, renunciar a ella voluntariamente es un acto digno —al menos— de ser respetado y tolerado por los que dicen ser defensores de la vida. Renunciar a la vida es el mayor sacrificio que puede hacer el ser humano. La vida no es superficial. El sufrimiento incurable es algo superfluo; una humanidad que lo justifique en función de la ética está corrompida moralmente. Una justicia que se ampare en ambigüedades conceptuales, lingüísticas o formales para no responder a la demanda de un derecho que la razón considera universal, es el fracaso de la razón misma. Y el fracaso de la razón es el fracaso de la justicia. Y el fracaso de la justicia es el infierno.

¿No lo crees tú también así?

LA SINRAZÓN...
LA VIDA, EL BIEN POR ENCIMA
DE LA VOLUNTAD PERSONAL

Querido Juan Pablo II:

He leído tu última carta opinando sobre la eutanasia. Me das pena.

Quien hace de maestro no puede mentir. Quien diga que es infalible, miente.

Nunca se podrá hacer pasar una mentira por una verdad sin cometer un crimen contra la razón y la vida. La vida, como la muerte, puede resultar un bien o un mal. La mentira es afirmar que no se puede morir racionalmente: ¡eso rezaría para los irracionales! Yo conozco a familiares y amigos que cuidan con amor a personas —piltrafas humanas— a las que les darían la compasiva o caritativa y dulce muerte, para liberarlas del infierno en que han quedado atrapadas. Cuando se les pregunta si quieren eso para sí mismos, se horrorizan y desearían que una conciencia protectora los liberase de tal horror. Todos sabemos que esa conciencia compasiva y protectora sólo puede ser la razón. Los que de mala fe quieren sembrar la duda afirmando que la razón y la picaresca son lo mismo. Allá ellos. Todos sabemos que esas piltrafas son la consecuencia de una medicina aberrante, de un paternalismo supersticioso e ignorante y no de ninguna voluntad sobrehumana.

Esta forma aberrante de protección de la vida que tú defiendes y deseas imponer como obligación moral es, más bien, un parasitismo inmoral del sufrimiento. Negarle a una persona la libertad de morir antes de convertirse en una piltrafa, tanto por liberarse a sí mismo de la sinrazón como por amor y respeto hacia quienes le prestan auxilio, es negarle el derecho al amor, y es, también, negar el valor moral del sentido común, y estético, de la generosidad y del pudor. ¡Es el fracaso de la razón!

Sólo la conciencia del ser humano puede salvar a la vida del peligroso y estéril abuso de las leyes, en general noblemente concebidas pero astuta y fraudulentamente aplicadas.

No me habré muerto —como tratarán de argumentar los explicadores— por desesperación, por falta de capacidad para soportar el dolor o por falta de afecto y cariño, tampoco por resentimiento ni como un acto de protesta o inmolación contra el principio de autoridad. La única verdad será que no quise ser tetrapléjico. Lo que fracasó fue el método. Tener que morirse de inanición no es la buena muerte, no es lo que elige la razón. Tener que morirse de sed y hambre para renunciar racionalmente a la vida es la venganza de los necios contra la libertad y la razón. Siento que se hayan salido con la suya, es decir, que haya vencido la sinrazón del fanatismo y la intolerancia. Mi propósito era obligar a los jueces a emitir una sentencia que, en el caso de ser negativa, equivaldría moralmente a una condena a morir de hambre, pero hasta los amigos me tacharon de incoherente.

Creo que se están engañando los apologistas de la purificación a través del sufrimiento, u otras esclavitudes de la conciencia personal. La muerte como un acto voluntario no quebranta la ley de la vida; quienes quebrantan las leyes de la vida son los apologistas de cualquier sufrimiento incomprensible.

Aquellos que, en nombre de la moral cristiana, recomiendan la muerte por hambre como la más ética, o como pecado menor, lo único que le niegan a un semejante es la caridad y la compasión, el amor.

¡La maldad está en la intención del acto, no en el acto en sí!

LAS NEFASTAS CONSECUENCIAS
DE LA CULTURA DEL MIEDO

Querido fanático:

No me digas si lo que yo digo y hago le parece mal a tu dios, dime si te parece mal a ti. No te preguntes qué mal le hago a tu dios, sino qué mal te hago a ti.

Tú que me pones a Jonás como ejemplo de arrepentimiento ante el terror que siente cuando se encuentra en el vientre de la ballena y piensa que va a morir. Tú que pides mano dura y el castigo ejemplar para todos los Jonases corruptos de nuestro tiempo, parece que no entiendes, o no quieres entender, la psicología del miedo y cómo es utilizado para domesticar.

Para comprobar los catastróficos resultados de estos métodos de control psicológico, no hace falta más que observarte a ti mismo y a esas masas de seres fanatizados, sin criterio propio, fácilmente convertibles en feroces matadores de otros seres con el fin —vaya paradoja— de ganarse, como premio, la inmortal trascendencia. Basta observar todo fanatismo sectario de carácter religioso o político. Cuando el ser humano renuncia a la responsabilidad de pensar por sí mismo, pierde toda posibilidad de trascendencia. Se convierte en un ser temeroso fácilmente esclavizado por cualquier pícaro conocedor de la psicología del temor y la ~~forma de manipularlo a su antojo.~~

Justificar sufrimientos degradantes, infernales, con el propósito de ganarse la benevolencia del Padre, es una de esas crueles artimañas picarescas dignas del mejor humor negro, si no fuese por las nefastas consecuencias que ha tenido, y tiene, para la humanidad. Lo noble y ejemplar no es arrepentirse —y menos por temor al castigo—, lo ejemplar, noble y humano es no traicionar nuestra propia conciencia. Ningún ser viviente desea el dolor, la traición, la esclavitud o la injusticia.

LA TEOCRACIA INFERNAL

Querido maestro de teológicas materias:

No me expliques a dios, explícate a ti mismo. Y no te ocultes astutamente detrás de tus leyes e imperfecciones para justificar tus incoherencias.

Si se nos impone un ser superior como nuestro amo y señor, a cuya autoridad protectora es sometida nuestra conciencia, caemos en una trampa irracional de eterna esclavitud. Pero si supones que fuimos creados libres, el único señor de la vida es la conciencia. El único dios, la ética de una razón pura, noble, humana, generosa y tolerante. Sin autoengaño y sin traición.

Cuando afirmas que el hombre niega a dios como sinónimo de soberbio y prepotente, mientes, al menos en parte. La persona que renuncia a la tutela de los dioses, si es verdaderamente coherente, lo hará porque cree en una escala de valores humanamente más justa, generosa, tolerante y responsable. Cuando estos principios son verdad, la persona se hace más humilde, se humaniza. Si es mentira, tanto los maestros que explican las intenciones de la voluntad creadora de la vida, como aquellos que la niegan, lo que buscan es el poder y no la justicia. Cuando alguien no se explica a sí mismo, se autoengaña y, más que ascender, desciende en perfección ética y moral.

Si el ser humano se dedicase a conocer su propia psicología, lo que va buscando y a lo que realmente aspira, concluiría que su deber no es interpretar la voluntad y los deseos del ser idealizado. Su deber es comportarse como el ser que ha idealizado.

Tú, maestro, afirmas interpretar los deseos y la voluntad de un Dios a través de su obra. Negar un principio creador es negar la evidencia de uno mismo.

Lo que pongo en duda es la capacidad de los explicadores para exponerla, y más aún, imponerla en su nombre.

¿Mientes con premeditación?

Sí. Te comportas con la psicología del perro que cree interpretar los deseos y la voluntad de su amo, pero te equivocas, te interpretas a ti mismo.

Maestro, el ser racional ya no puede ser dominador porque no quiere ser dominado.

No puede ser injusto, porque no quiere el dolor para él. La ley es inexorable: quien no la cumpla provoca el caos, el dolor y el mal. La falta de una conducta ética respetuosa y tolerante entre los seres racionales, conduce irremediablemente a la muerte. Llámesele apocalipsis o autodestrucción.

Las crisis de las religiones sobrevienen porque su estructura ideológica parte de una falsa interpretación de la ley evolutiva: se niegan a aceptar el predominio de la razón ética sobre la creencia, que es lo mismo que negarse a ser coherentes y responsables de sus actos.

Si no se modifica la hipótesis sobre el origen de la vida, si se persiste en la idea de que el ser inferior puede interpretar la voluntad del ser superior, lo que se crea es el absurdo: el más fuerte dice interpretar la voluntad del amo y somete a los débiles a su tiranía. De este modo siempre acaban produciendo la catástrofe, la disputa. Los explicadores siempre han degenerado hacia la corrupción moral. Las castas religiosas y políticas han organizado a su propia especie en función del principio de autoridad, pero ese principio es el deseo de que exista un ser inferior. La dominación es la ley. Es como si unos padres bienintencionados nunca aceptasen la total emancipación de sus hijos.

No es que las religiones sean las únicas responsables, pero sí tienen una gran parte de responsabilidad en los sufrimientos de la humanidad —y de la vida—. Ellas son las más eficaces manipuladoras psicológicas para que el ser humano mantenga su condición de ser eternamente inmaduro. Es absurdo este principio. Un mundo regido por el temor, y no por una conciencia ética respetuosa, sólo crea resentimiento y mentira. La conciencia de un ser humano no puede ser sometida a la voluntad de otro. Sólo puede existir la igualdad de derechos y deberes, y en esa igualdad no cabe el autoritarismo teocrático o democrático, querido maestro.

QUERIDO COMPAÑERO

¡Que nos han engañado estos falsos maestros!
Yo estoy loco, muy loco.
¿Y tú?
¡Tal vez estés sereno!
Yo estoy triste, muy triste.
¿Y tú?
Tal vez estés contento.

¿Quieres que te cuente el más hermoso cuadro de la puesta de sol que veo allá a lo lejos?

El marco es la ventana de mi cuarto. Desciende hasta la mar —dos kilómetros, o menos— un bosque de pinos en compañía de un río pequeño.

Al fondo, el mar azul abrazándose al cielo vestido de ocaso rojo, ocre, azules y negro. ¡Es hermoso, indescriptible! ¡Si pudiera cogerlo y ponerle poesía con unos cuantos versos de loco alucinado, feliz, alegre y contento! Sueño, por ejemplo, que soy omnipotente y puedo enviarle a un amigo que mora en el infierno un pedazo de cielo: éste que estoy contemplando y enciende en el fondo el sentir de lo bello: el amor, la amistad, la ternura, el ensueño.

Yo quisiera mandarte un poema pequeño. Algo así como tú, positivo. Pero no soy poeta y no sé cómo hacerlo.

Por eso estoy muy triste; porque me han engañado estos falsos maestros. Me dijeron que soy semejanza de un dios, y no es cierto. ¡No es cierto!

Un abrazo muy fuerte al amigo del alma que se halla en el infierno. Aunque me suena a tópico y a monotonía: ¡sólo merece el cielo!

Por eso estoy triste, porque no puedo, y debo conformarme con el típico abrazo muy fuerte, muy fuerte, compañero.

Dime si aún sigues enamorado de aquella mujer, o si ya te has vuelto un necio.

EL SENTIDO DE LA VIDA

Querido explicador de la obra de dios:

Me parece que eres un ignorante a quien le han hecho creer que lo importante es hablar como un loro, ¡sin ton ni son!

Como principio universal, dejando aparte el yo y la circunstancia, a la vida le dan sentido dos cosas fundamentales: la libertad y el deseo de vivirla.

Para que una persona se considere libre, tiene que ser capaz de movimiento, y de raciocinio, que ambos funcionen al unísono —el equilibrio—. Cuando el cerebro falla, falla la consciencia, y por tanto el sufrimiento no existe. Pero, si falla el cuerpo, la razón se queda enredada en una trampa infernal de la que jamás podrá liberarse. Podrá resignarse y fantasear, ser útil, o creérselo, porque se lo hagan creer los encargados de prestarle apoyo psicológico, minimizando el dolor y agrandando el temor. Podrá convertirse en un místico célibe, o idearse engorrosas formas de prácticas sexuales, pero esa materia, en teoría viva, jamás obedecerá la orden de acariciar a otro ser humano que esté triste, o que pida socorro para que lo salven de la muerte. Jamás volverá a sentir el placer de ser libre. Sólo sentirá, como una condena mientras viva, la humillante desesperación de pedir socorro.

¡Algunos confunden —interesadamente— ser útil, con ser utilizado!

La muerte racional es, más que un acto de desesperación, un deseo de hallar la liberación de un infierno en el que —vaya paradoja— la razón nos ha metido.

Infierno: miedo cultivado con el propósito de dominar en forma de terror psicológico al dolor físico insoportable.

Cuando un Estado y una religión impiden, por mediación de fiscales y jueces, el derecho a abandonar voluntariamente ese infierno, podría considerarse que toda razón en que se apoyan representa la maldad.

Se podría decir que toda ley que impide ayudar a morir racionalmente representa la maldad. Y la humana razón del médico Kevorkian, la bondad cuando ayuda a morir a un semejante.

DIÁLOGO

Y tú, ¿qué quieres ser de mayor?

Sólo quiero ser rico.

No prefieres ser sabio, noble y justo.

¿Acaso no es lo mismo?

La riqueza siempre es injusta, por tanto no puede haber un rico bueno.

¿Ser bueno es igual a ser sabio y justo, entonces?

Así es, hijo.

¡Pero hay ricos buenos!

Eso es un disparate. Mientras el rico tenga conocimiento de que existe un miserable y no reparta con él su riqueza, no se podrá decir que hay uno bueno.

Ser bueno es ser noble. Ser bueno es decir mío y querer decir nuestro.

Hay muchos astutos que parecen justos, nobles y buenos: son legisladores, regios charlatanes, pícaros tiranos, nobles usureros que piensan que un bueno es un tonto o un pobre ingenuo, porque no tiene tanta codicia como ellos.

CARTA PARA UN CURITA VANIDOSO

Es miembro del Opus Dei. Me acusa de ser tan soberbio que me quiero parecer a Dios por reclamar el derecho a disponer de mi vida.

Querido curita:

La alternativa de la eutanasia, como un acto de voluntad personal, es la conducta positiva. Superar el temor y rechazar el dolor es volverse humano.

Con respecto al sufrimiento incurable, toda alternativa que no tenga como propósito ponerle fin es un sofisma. La muerte como concepto universal negativo en relación a la vida no existe. Tal deducción lógica es errónea. Es una distorsión racional derivada del sentido del temor. Lo negativo es matar. Pero justificar el sufrimiento como un medio de purificación moral sólo se le puede ocurrir a un ser moralmente degenerado por una conciencia culpable. Y quien se siente culpable, o bien es injusto o es idiota. Si sabe que es injusto y no deja de serlo, es un malvado. Y, si es idiota, no puede ser autoridad moral, pues seguro que se equivocará.

Quien justifique el dolor como deber moral, o es un idiota o un malvado.

Vanidoso curita, que ayer me tratabas de... señor estimado.

Y hoy, serio y circunspecto, me tratas de don, señor don Ramón.

Tú, que proclamas la verdad del Cristo, y alardeas
de intelectual rigor.

Tú, que te proclamas ejemplo moral y de tu Dios
grato y fiel servidor.

Tú, que al ignorante como yo desprecias. Y yo,
¡QUÉ IGNORANTE!, creo que a los vanidosos, porque son ignorantes, los desprecia dios.

Tú, que a Dios le ruegas: ¡LÍBRAME DEL MAL!

Yo pienso, curita, que eso no es rigor intelectual,
es resignación.

Si puedes librarte de tus propios males ¿para qué
molestas a tu amado Padre? Ser vago está mal,
¡te lo digo yo!

¿Para qué te crees que se murió el Cristo? ¡Para
que ocupases el lugar de dios!

Curita, curita, ¿dó van tus rigores de razonador?

Él quiso enseñarte —me refiero al Cristo— cómo
rebelarse contra la injusticia, cómo se extermina el dolor del mundo. Hasta con la muerte, si
no hay más remedio, se libera el hombre de la
tiranía de cualquier dolor.

No quiero morirme, como tú aseguras, manipula-
dor de supersticiones.

Lo que yo no quiero es ser del infierno un fiel re-
sidente, con muchos afectos, cariños y mimos
a mi alrededor.

Tú estás muy contento con tu buena suerte. Pues
ya ves, yo no con la mía.

Sí, ya sé, según tú, curita, es por ignorancia y desconocimiento de las excelencias de ser de la
vida ejemplar y fiel sufridor.

240

Ay, qué majaderos son algunos curas y otros vanidosos lacayos de dios.

Parecen salidos de algún esperpento, de una aberración.

Llevan el infierno en sus propias mentes, y hablan
de ignorancia con mala intención. Pues llaman
blasfemos a quienes queremos ser a dios iguales (el ser que ellos creen noble, justo y bueno).

Conclusión, curita: no entiendes la vida, ni amas
la vida, ni crees en dios.

Sólo tienes miedo, mucho, mucho miedo. Eres
como un niño al que no han dejado sus falsos
maestros hacerse mayor.

Firmado: señor don Ramón.

Querido predicador —y pastor—:

La crisis de las religiones tiene dos causas esenciales: la primera es que una parte del rebaño te desprecia por incoherente y contradictorio; la segunda, porque el mito salvador que le ofreces nunca acaba de llegar. Los primeros son los más evolucionados éticamente. Son los que piensan que si han idealizado al mito, o la utopía como paradigma de lo justo —Cristo, Buda, Marx, Lenin, Fidel Castro, Che Guevara, Don Quijote, Georges Roos...—, se convierten en revolucionarios discrepantes de toda conducta dominante que no se ajuste a ese principio ideal.

Tú, como buen embaucador, sabes que la democracia, al concederle al individuo mayor libertad de conciencia, provoca la crisis del temor a la libertad de los creyentes. Un ser psicoamaestrado y dominado mediante el temor al castigo, condicionado por el miedo al dolor, se asusta. Entonces se comporta como el animal que, cuando lo liberan después de haber sido criado en cautividad, quiere regresar a la seguridad protectora de su prisión.

Ya es dudoso que siempre ensalces a los temerosos como seres moralmente ejemplares. Y a los revolucionarios los califiques de peligrosos influenciados por algún espíritu maligno, y de dudosa catadura moral.

Las crisis de las religiones siempre tienen el mismo origen: unos seres buscan la verdad, la justicia, pero siempre se encuentran con un predicador, pícaro intermediario, que dice conocerlas ya y se pone a hablar en su nombre. ¡Predicador, siempre estás pescando en el río revuelto de los temores, tabúes y supersticiones!

La eutanasia es un bien que la razón propone. Todo aquel sufrimiento al que nuestra conciencia dice no, es ley indiscutible. Quien discuta esa ley, no importa de dónde saque el artículo, código, versículo o salmo, pagará su precio en sufrimiento.

Quien justifique la crueldad con cualquier animal, o lo esclavice, tendrá que pagar por ello.

Quienes justifiquen sufrimientos irracionales en nombre de la ética médica, de la moral religiosa, del bien colectivo, o de un dios, tendrán que pagar por ello.

Quienes dicen conocen la voluntad de un dios, mienten, y tendrán que pagar por ello.

Quienes dicen que dios da la vida y la quita, mienten, y tendrán que pagar por ello.

Quienes le niegan al ser humano la propiedad de su vida, mienten, y tendrán que pagar por ello.

Quienes dicen que el ser humano no puede pedirle a un semejante ayuda para morir, mienten, y tendrán que pagar por ello.

Quienes obedecen por temor y no por principios éticos, se mienten a sí mismos. Han traicionado su conciencia, y tendrán que pagar por ello.

Quienes dicen que la muerte no es negociable para el creador de la vida, tienen el espíritu mezquino del ser inferior, por lo tanto mienten, y tendrán que pagar por su mezquindad.

Quienes dicen o dan a entender que para ser

recto de conciencia, generoso, noble y justo, es condición inexcusable someterse a la voluntad de su dios, mienten, y tendrán que pagar por ello.

Porque desde el día que han renegado de ser hermanos de todos los seres vivos se han traicionado a sí mismos. Han traicionado a su conciencia y se han inventado a un amo para seguir siendo eternamente seres inferiores.

NECIO

Necio, cuando me muera, cerraré los ojos.
Tú dirás que estoy muerto.

Tú dirás que he pecado.
Yo estaré satisfecho.

Tú obedeces a un Dios.
Yo te diré ¡silencio!

Tú dirás que me amaste.
Yo digo que no es cierto.

Tú te amas a ti mismo.
Yo sé que tienes miedo.

Tú dices: ¡por mi culpa!
Yo siempre te contesto:
si la intención fue mala, no hay disculpas,
      hipócrita.
Si la intención fue buena,
¿de qué te acusas, necio?

MONÓLOGO

Señora Intolerancia, ¿qué estoy haciendo aquí? No quiero estar en su compañía. Me huele usted mal. Me repugna su presencia.

¿Por qué se empeña en acompañarme? ¡Soy mayor de edad!

Para construir sueños hace falta que nuestra razón cuente con la energía vital de la ilusión, el entusiasmo y la libertad. Para volar se necesitan alas. Y para caminar, un cuerpo que nos lleve adonde los sueños quieran llegar.

Señora, es usted muy contradictoria. Me anima a que cultive el arte de volar con la imaginación. La escucho, y echo la mía a volar libre, inocente y pura, para que recorra los paisajes que más le gusten. Le doy, a mi entender, buenos consejos: que respete a las demás, que no les impida nunca el derecho y la libertad de viajar adonde quieran. Que lo que ella se imagine, no se lo quiera hacer imaginar a las otras. Que, si quiere ser libre, sea muy prudente, para no dañar otra libertad. Que preste ayuda a quien se la solicite, de este modo nunca se puede equivocar. Que no imponga sus creencias o sus principios morales. Si cumple escrupulosamente con estos consejos, puede ir en busca de cualquier sueño para que se haga realidad, si es posible.

Pero, señora, quiero dejar constancia de mi

más enérgica protesta por su falta de respeto y consideración hacia mi protegida: ella es ingenua, y no comprende la importancia de su omnipotente autoridad ni sus contradicciones. Siempre la oyó decir que, si se quiere, hasta los sueños se hacen realidad.

El caso es, señora, que esta alocada imaginación mía —ingenua, de casta pobre y escasa formación— me llega todos los días quejándose amargamente de que usted no la deja pasar. Y cuando extrañado le pregunto: ¿adónde?, me responde con gesto y tono de melancólica tristeza: al más allá.

Quiero hacerle entender, señora, que ella no habla del más allá del espanto y del miedo al infierno, al castigo o al premio, que usted se imagina. No a ese más allá religiosamente burocrático y normalizado, vengativo con todos aquellos que no acrediten poseer la resignación y obediencia debida.

Ella piensa que en ese cuadro que contempla sobre el horizonte, entre esa belleza seductoramente sugestiva donde el mar parece besar apasionadamente al cielo, está su amada y posible libertad.

Sólo por esa metamorfosis, que usted llama muerte, se puede llegar a él. Pero usted, señora, como no la entiende, al parecer, no la quiere dejar pasar. Usted sólo le deja imaginar lo que a usted le interesa. Lo que no le conviene se lo hace callar.

Exijo, señora, que se le permita a mi querida y pequeña imaginación el cumplimiento de lo imaginado. Su deseo es viajar más allá de la vida; a ese paisaje de ensueño que le pinta el cielo sobre el horizonte al atardecer. Allí hay una playa de arenas doradas, y un sueño que puede ser rojo, azul u ocre, al desintegrarse para todos aquellos que no tienen ilusiones ni entusiasmo suficientes para la felicidad.

Si se opone usted a que sean atendidas mis exigencias, pensaré que hay mucho de verdad en lo que afirma mi querida imaginación. Ella la acusa de necia, pues dice que cuando le pregunta si a usted le gustaría ocupar su lugar, le responde que no. ¡Dios me libre!, afirma usted. Si eso es así, no entiende lo suficiente para ocupar el lugar de autoridad moral que ocupa. Recuerde: lo que no quieras para ti...

Señora, quien prohíbe soñar mata la esperanza, crea el infierno.

UN AMIGO

Un amigo
que sienta como yo el mismo latido;
un amigo
que su corazón sea el mío, y el mío suyo;
un amigo
que su dolor sea el dolor mío;
un amigo
para poner fin al dolor infinito;
un amigo
que me preste su mano para mi suicidio;
un amigo
que no crea en dioses sino en el amigo;
un amigo
que nos remate cuando estemos de muerte heridos.
Ese amor existe, pero está prohibido.

FUNDAMENTOS DE DERECHO
Y RAZÓN PERSONAL

(La trampa infernal)

Reflexiones sobre el derecho de la persona a terminar su vida como renuncia a un bien personal.

Señora Justicia:

A la hora de hacer un juicio de valor, los jueces les dan a los fundamentos de derecho el peso de una verdad dogmatizada, y a la razón personal la levedad de la filosofía.

Sin embargo, el derecho y sus fundamentos no son más que principios éticos emanados de la razón humanizada. En consecuencia, a la hora de acudir a los fundamentos de derecho para determinar si un acto o un propósito están bien o mal —hacer justicia—, debería tener más peso en su balanza la razón que la ley. La ley puede estar astuta y ambiguamente concebida con un propósito de dominio, la razón pura no. Ésta evoluciona normalmente con el conocimiento.

¡La ley no podrá prever todos los casos injustos, la razón sí!

Cuando la ley tenga dudas, porque las costumbres hayan evolucionado con el paso del tiempo —como sucede hoy con la eutanasia, propuesta como un acto de la voluntad personal para liberarse de sufrimientos irracionales—, debe prevalecer el peso de la razón ética personal.

Sólo hay una norma fundamental de derecho, la Constitución. Para juzgar conductas no criminales, sólo hay —o debería haber— un intérprete, el juez. ¿Que habría diferentes y a veces contradictorias sentencias?

Para eso está el pueblo del que emana su autoridad, el jurado democráticamente elegido que las confirmaría como bien o mal colectivo, o como bien o mal personal. El legislador, por último, más que las leyes haría análisis ético-morales. Creo que es usted enemiga de toda crueldad, de toda esclavitud, de toda mentira, de toda intolerancia e incoherencia. Haga que sus alumnos lo entiendan. ¡Por favor!

Señores jueces:

Considero que a la hora de juzgar determinadas conductas ético-morales, como en el caso que les planteo, no deberían tener más norma fundamental que la Constitución, porque si no es así, no son los jueces quienes juzgan sino los políticos cuando escriben la ley y crean la trampa y la ambigüedad.

Sólo si los jueces y jurados tuviesen la potestad de sentenciar de acuerdo con la norma constitucional, y sus conciencias fuesen como un procesador humano —y humanizado— que va recibiendo sistemáticamente conocimientos e información para entender lo que es social y democráticamente tolerable, y también conveniente reformar o corregir, la justicia seguiría el ritmo del proceso evolutivo de una sociedad democrática formada por individuos libres y responsables.

En abril de 1993 acudí ante los tribunales de justicia con una demanda formalmente presentada por mi abogado don Jorge Arroyo Martínez que, en síntesis, preguntaba si debe ser sancionada judicialmente la persona que me preste ayuda, sabiendo que es con el fin de provocar voluntaria y libremente mi muerte.

Hay demasiadas personas que, en apariencia

capacitadas para hacer un juicio de valor, se preguntan, y me preguntan, si realmente deseo morirme, pues me indican que si así fuese puedo provocarme desde una pulmonía a taponar una sonda, no curarme una infección de orina, inyectarme un virus, morirme de hambre, o que me mate discretamente cualquier persona.

Entre tanto absurdo maestro que acepta y propone toda clase de formas aberrantes de morir, menos la voluntaria y legalmente permitida, me parece que la función de los jueces tiene que ser algo más que la de aplicarle códigos al rebaño como un mudo y fiel guardián que defiende los intereses de su degenerado amo. Cuando un juez guarda silencio ante una ley obviamente hipócrita, y por tanto injusta, en esa sociedad no puede haber nobleza ni bondad. Si la justicia es la exigencia de una conducta ética respetuosa, la función del juez debe ser la de maestro más que la de vigilante.

Si aceptamos que debe haber unas normas y medios para juzgar comportamientos irresponsables, en casos de conductas éticas —no criminales—, la justicia debería ser inmediata para que tuviese vida, de lo contrario es como si estuviese enlatada, y para lo único que sirve, antes que para corregir situaciones injustas, anacronismos y tradicionales barbaridades, es para perpetuarlas.

El deseo y la buena voluntad son el origen de todo bien y de toda justicia.

La picaresca, la doblez, la hipocresía y la astucia son el origen de toda confusión y desconfianza social y universal.

La vida evoluciona corrigiendo sistemáticamente el error, de ella deberían copiar los humanos.

Es un grave error negarle a una persona el derecho a disponer de su vida porque es negarle el derecho a corregir el error del dolor irracional. Como bien dijeron los jueces de la Audiencia de Barcelona: vivir es un derecho pero no una obligación. Sin embargo no lo corrigieron, ni nadie parece ser responsable de corregirlo.

Aquellos que esgrimen el derecho como el protector indiscutible de la vida humana, considerándola como algo abstracto y por encima de la voluntad personal, sin excepción alguna, son los más inmorales. Podrán disfrazarse de maestros en filosofías jurídicas, médicas, políticas o metafísico-teológicas, pero desde el instante en que justifiquen lo absurdo se convierten en hipócritas.

La razón puede entender la inmoralidad, pero nunca puede justificarla. Cuando el derecho a la vida se impone como un deber. Cuando se penaliza ejercer el derecho a liberarse del dolor absurdo que conlleva la existencia de una vida absolutamente deteriorada, el derecho se ha convertido en absurdo, y las voluntades personales que lo fundamentan, normativizan e imponen, unas tiranías.

Acudí a los tribunales de justicia para que ustedes decidiesen si me asistía o no ese derecho que mi conciencia considera exclusivamente de ámbito moral. Y creo que humanamente cualificada. Acudí a la justicia, no sólo para que me respondiesen a un asunto de interés personal, sino porque considero mi deber denunciar la injusticia y rebelarme contra la hipocresía de un Estado y de una religión que, democráticamente concebidos, toleran la práctica de la eutanasia si es llevada a cabo con discreción y secretismo, pero no con la sensatez y la claridad de la razón liberadora. También para denunciar que jamás puede prevalecer el interés de ninguna tiranía o tirano por encima de la razón ética de la conciencia del hombre. Justificar sufrimientos irremediables por el interés de alguien que no sea el desafortunado ser humano que los padece es crear el infierno para que diablos y diablillos disfruten con el espectáculo de los condenados, mientras filosofan gravemente sobre el sentido del dolor.

El juez que no se rebela ante la injusticia se convierte en un delincuente.

Claro que puede calmar su conciencia culpable afirmando que cumple con su deber, pero si consiente en que alguien utilice el sufrimiento de otros por su propio interés. Si consiente que la justicia se haga la sorda, cuando él sabe que lo hace porque políticamente no interesa escuchar, ese juez se hace cómplice de la delincuencia astutamente organizada bajo la apariencia de nobles y respetables instituciones: familia, Estado, religión.

Dicen algunos políticos, teólogos y otros aprendices falsarios de profeta que mi lucha podría servirme como aliciente y darme motivos para vivir.

Debería ser también el deber de un juez perseguir a quienes insultan la razón y castigarlos severamente.

Mi único propósito es defender mi dignidad de persona y libertad de conciencia, no por capricho, sino porque las valoro y considero un principio de justicia universal. Con una sentencia favorable, tal vez no se volviera a obligar a otro ser humano a sobrevivir como tetrapléjico, cuando no fuese ésa su voluntad. Mi lucha tendría sentido si la justicia me concede el bien que para mí reclamo; si no es así, todo ese esfuerzo que algunos dicen puede dar sentido a mi vida habría sido estéril.

Espero que no piensen como los teólogos, políticos y aprendices de profeta que lo que da sentido a mi vida es la facultad de reclamar un derecho y una libertad, eso sí, dando por supuesto que no me serán concedidos nunca. Espero que no sea usted cómplice de tanta burla y falta de respeto a la razón humana. Ningún esfuerzo inútil tiene sentido.

La intolerancia es el terrorismo contra la razón. Cualquier esfuerzo humano que tenga como fin liberar a la vida del sufrimiento, la crueldad y el dolor, y sea convertido en estéril con interesados sofismas es un fracaso del bien y un triunfo del mal.

Si no se le concede a cada individuo la oportunidad de hacer todo aquello que su conciencia considera bueno, no hay perfección ética posible porque no hay evolución posible.

Si no se le concede al individuo el derecho a una muerte racional voluntariamente decidida, la humanidad no podrá llegar a aceptar culturalmente su propia mortalidad. Y si no se entiende el sentido de la muerte, tampoco se entiende el sentido de la vida.

El juez tiene el mandato de velar por la seguridad jurídica del grupo. Pero, por coherencia ético-moral, para que ese cometido fuese equilibrado y justo, tendría que defender antes la conciencia individual. El Estado tiene medios represores para protegerse de las posibles agresiones individuales. Sin embargo, el individuo se encuentra indefenso para protegerse del abuso de las agresiones del Estado. Si el juez se dedica a aplicar códigos es un fanático fundamentalista que, obviamente, está de una parte.

¡Es su deber corregir este error!

Atentamente.

LOS FIELES LACAYOS

Los fieles lacayos que sirven al rey,
para sostener su regia figura
aplican —celosos— la pícara ley
con autoritaria y fiel mano dura.

Guardan con rigor la sagrada forma,
para mantener cada quien su puesto.
Hacer, vigilar y aplicar la norma,
con boato, pompa, y algún padrenuestro.

Y yo que no tengo de lacayo alma,
observo aterrado cómo a la justicia,
en vez de jueces la sirven lacayos
ebrios de soberbia, llenos de codicia.

Los fieles lacayos sirven a su amo,
con gesto sumiso y abnegación,
y el amo los honra por su lealtad
con algún halago.

Mientras los esclavos reclamamos —tercos—
la emancipación.
Para liberarnos de la tiranía de amos y lacayos,
de la indignidad y la humillación.

DERECHOS HUMANOS

Señor derecho humano:

Yo pregunto-é a los jueces españoles si era justo castigar penalmente a la persona que me prestase ayuda para morir. Los jueces responden con triquiñuelas burocráticas de falta de forma, y los políticos legisladores con amenazantes códigos. El Papa y sus obispos con el castigo de la condenación eterna.

El Tribunal de Derechos Humanos en vez de responder si lo que yo demandaba se ajustaba o no a un derecho personal —y humano— también se lava las manos con la falta de forma. No se han agotado las vías jurisdiccionales en el país de origen, dicen. ¡Los pícaros se protegen entre sí!

La intención es, obviamente, el silencio paternalista y prepotente. Es decir, el desprecio impune a la igualdad en autoridad moral y a la libertad de conciencia.

No se pueden burlar de la ética sin pagar las consecuencias en sufrimientos humanos. Yo me habré marchado con la tristeza de no haber podido ayudar a que triunfase la razón. El Tribunal de los Derechos Humanos es la desidia de unos hombres, justos en su concepto, convertidos en lacayos de la picaresca universalmente organizada.

En nombre del dogma o del principio de su

falsa autoridad mienten, calumnian, y descalifican con tal de triunfar. Pero cuando no es la verdad la que triunfa, sino el simple interés, lo que se crea es el caos.

Parece que la picaresca universalmente organizada tiene su residencia en el Tribunal de los Derechos Humanos de Estrasburgo.

EN NOMBRE DE LA CIENCIA, MIENTEN

(Anecdotario)

Señora Verdad:

«No quiere morirse, lo que desea es llamar la atención, que le muestren afecto y cariño.» Es decir, o me autoengaño o miento. Eso es lo que la inmoral astucia del sociólogo, psicólogo, teólogo y toda clase de parásitos profesionales dan —en su nombre— a entender. Cuando saben que sólo hay una forma de confirmar si lo que se afirma es o no cierto. ¡Concededlo! Es más, si ese derecho existiese, se despejarían todas las dudas y no cabría la descalificación absurda y engañosa.

Es obvio que, instintivamente, ningún ser vivo desea la muerte. Pero la eutanasia no es un deseo instintivo sino un acto racional. Es una conducta ética que persigue un bien, un bien que sólo lo es si se da la circunstancia determinante y concreta de un mal racionalmente irremediable. La eutanasia es un acto de la voluntad que tiene que vencer el temor instintivo a adentrarse en un lugar desconocido. Afirmar, en nombre del conocimiento, que nadie desea morirse porque psicológicamente se pueda demostrar que es cierto ese instinto, es reducir al ser humano a la condición de irracional. Es negar la superioridad de la razón sobre el instinto. Claro que si cada persona fuese

dueña de su conciencia, a lo mejor los charlatanes no tendrían de qué hablar.

Es desolador contemplar cómo la escarnecen
los pícaros. ¡Lo siento!

TÚ ERES UNA PERSONA
MUY IMPORTANTE PARA LOS DEMÁS

Señora Ética:

Todos tenemos algo de sabios y mucho de tontos, pero querer convertir a un adulto en niño es faltarle al respeto. Hacer uso de técnicas de condicionamiento psicológico con el propósito de reforzar el temor a la muerte, o de aferrarse a la vida como sea, de conseguir que te conformes con tu tragedia y te sientas útil, es lícito y coherente con sus fundamentos, siempre que sea una opción personal y no una imposición ideológica o paternalista.

Si a una persona se le dice que es muy importante para los demás pero no se le explica el funcionamiento psicológico de los lazos afectivos, no sólo se la está engañando, o induciéndola al autoengaño, sino que la pueden estar utilizando sin que sea consciente de ello.

Personalmente, considero reprochable esta conducta dominante. La afectividad debe ser una relación de generosidad mutua y consciente. Puede ser muy importante que existan presos para que funcione el sistema carcelario, pero lo que no se puede justificar de ningún modo es la obligación de que haya presidiarios para que tengan trabajo, empleo, salario los carceleros. ¡Parece que sus alumnos no la entienden!

LA CIENCIA, LA TÉCNICA
Y LA INTERCOMUNICACIÓN

Con todos mis respetos, queridos maestros:

La democracia, al dejar al individuo más libre, tanto política como espiritualmente, provoca la crisis del temor a la libertad.

La interpretación del universo y de la vida, de su sentido y valor a través del mito, han levantado tantas contradicciones e incertidumbres, que el paso lógico de un ser racional es comprobar cuánto hay de verdadero y falso o de corrupción ética y moral de los maestros.

El peligro para todos aquellos que tratan de buscar la verdad está en el fanatismo de los dogmáticos. Ellos seguirán con su totalitario e infalible fundamentalismo, empecinados en demostrar que las causas del sufrimiento radican en los apologistas de la razón.

No es preciso que nadie civilice al ser humano. Lo consigue él solo cuando lo dejan vivir, amar y pensar en libertad. Tiene todo el conocimiento para adquirir su perfección ética y moral, porque viene desde el mismo origen con una memoria cósmica.

Si se quiere proteger a los débiles hay que enseñarles ética, razón crítica, y no astucia o doble moral.

La ética es el arte de enseñar respeto y nobleza. El dogma es la astucia del más débil, del más degenerado.

La ciencia siempre tendrá una influencia positiva para liberar al ser humano de la nefasta influencia que sectas y religiones ejercen sobre él. El conocimiento libera al individuo de la superstición y del temor. Cuando se conoce el fenómeno que causa la oscuridad de la noche, el individuo ya no se pregunta por qué tiene miedo a la noche, sino que se preguntará por qué tiene miedo. Al conocerse, uno es más libre porque los embaucadores no lo pueden manipular con sofismas.

El avance de la técnica y la tecnología, como vehículos de intercomunicación entre grupos con mitos diferentes, puede servir para extender el conocimiento entre ellos y evitar así que los apologistas del terror los exploten aprovechándose del irracional sentido de territorialidad que los humanos, igual que los animales, poseen.

Las religiones son plagas que la razón debe eliminar, pero me temo que para resolver la crisis intentarán hacer lo que han hecho siempre: matar a los maestros de la razón científica pura con la coartada absurda de que son los hijos-hijas de un salvaje Satán. Con ese propósito se están utilizando los medios tecnológicos de comunicación. O por algún amoral civilizador. ¡Esperemos que esta vez la insensatez no se salga con la suya! Ya sabemos lo que significa civilizar: es todo menos nobleza, bondad y justicia. Toda conciencia tiene la posibilidad de alcanzar su perfección a través de sus propias reflexiones, pero para eso necesita ser absolutamente libre y responsable de sus actos. ¡Basta con tener maestros ejemplares!

LA ÉTICA PICARESCA,
Y EL AGRAVIO COMPARATIVO

Querida amiga, mujer:

Hoy he visto y escuchado al ministro de Justicia dirigiéndose al pueblo para cometer —impunemente— el más descarado de los agravios comparativos contra una parte de los ciudadanos —o corderos—. Afirmaba que, después de haber puesto en consideración de su gobierno si era justo enviar a una mujer a la cárcel por abortar, habían llegado a la conclusión de que no lo era. ¡Bravo, señor autoridad y excelentísimo señor, hasta ahí estamos de acuerdo!

¿Y por qué, por el contrario, quiere enviar a la cárcel al familiar, médico o amigo que nos ayude a morir cuando se lo pedimos, cuando consideramos que es el momento de hacerlo, y cuando el que ayuda lo hace porque nos ama, nos respeta, está de acuerdo con nosotros, y no antepone sus principios a los nuestros?, me preguntaba yo.

En el caso de la mujer que decide no traer más dolor al mundo, hay una conciencia que decide lo que considera mejor, tanto para sí misma como para un posible futuro ser humano —que no es más que la prolongación de sí misma—. Es un acto de voluntad.

En el caso de la ayuda a una muerte voluntaria, es la persona quien decide sobre sí misma.

Comparando la responsabilidad de la mujer y su legítimo derecho a no soportar ni proyectar sufrimientos hacia el futuro, con el derecho de un tetrapléjico a liberarse de los suyos, éticamente es bastante más clara y simple la tolerancia y protección jurídica de la voluntad del tetrapléjico que la de la mujer. ¡Quede claro!, creo que parir un hijo es un acto reservado a la exclusiva voluntad de la mujer. Yo, querida amiga, solamente pregunto: ¿por qué se defiende políticamente una libertad y se castiga la otra? Y no acuso solamente al ministro falsario, sino a todos los grupos políticos que se han negado a reformar un código penal que astutamente confunde eutanasia con suicidio.

Querida mujer, tal vez hubiese sido mejor no haberlo parido.

QUE SE NIEGUEN A PARIR

No hay error más grande que el de engendrarnos.
No hay crimen más grande que el de parirnos.
Si sabemos cómo van a esclavizarnos,
y con falsas esperanzas seducirnos.

Mientras haya un niño triste, esclavizado
por cualquier propagandista del vivir.
Mientras haya un solo ser triste y humillado,
que se nieguen las mujeres a parir.

Mientras diga el poderoso: ¡así es la vida!
cuando la vida está cansada de sufrir,
la verdad injustamente escarnecida,
que se nieguen las mujeres a parir.

Mientras haya un ser humano sin alimento,
resignado y humillado por pedir,
mientras digan que ennoblece el sufrimiento,
que se nieguen las mujeres a parir.

Mientras sigan sin decir por qué los paren:
¿para ser libres o esclavos de un señor?,
que se nieguen a parir o que declaren
las mujeres qué camino es el mejor.

Que tal vez sea mejor imaginarlos
que engendrar muchos hijos no nacidos,

que parirlos para verlos acabar
en esclavos o en amos malnacidos.

Mientras sigan, por amor, pariendo hijos
para verlos condenados a vivir,
explotados por hipócritas y pícaros,
que se nieguen las mujeres a parir.

DE LA LIBERTAD

Querido ministro de Justicia:

Yo también quiero hacer algo por ti y por el pueblo al que pertenezco. Yo también quiero darte algunos consejos a ti y a los jueces, a todos aquellos que hacéis de maestros.

Un día acudí ante vosotros a reclamar libertad. A reclamar el derecho a reinar dentro de mí mismo. Para ser mi propio pastor, mi juez y mi médico. Me respondisteis con códigos para que mirase a través de vuestros ojos, para que pensase y sintiese con vuestros sentidos. Decís que lo hacéis por el bien de la vida como un valor superior. Yo también lo hago por el bien de la vida, pero ante todo por la dignidad y la libertad del hombre.

Os aconsejo que dejéis de tutelar mi vida y mi muerte. Yo soy mi propio maestro.

Te aconsejo, ministro, juez y jurista, que seas honesto contigo mismo. Si actúas por temor no eres ético.

Dice una amiga mía que lo que espanta al ser humano es el concepto de lo eterno. Según ella, lo que aterroriza al hombre es la idea del nunca jamás. Una vida sin final causaría pavor. Una muerte sin retorno a la vida, también. Lo que asusta es el concepto de lo eterno. Según esa hipótesis, lo ideal para el ser humano sería el eterno retorno, la certeza de que siempre se puede volver al punto de partida. Pero volver al punto de partida equivaldría a lo estático. Y lo estático equivaldría a lo eterno.

Como al parecer lo estático no existe en el universo —todo es movimiento, puro ritmo y matemática—, la vida y la muerte forman parte de ese movimiento.

Por ejemplo, una tetraplejía es lo estático, lo eterno. Lo que te causará espanto será la falta de libertad, la falta de movimiento. Esas carencias te causarán más dolor y temor que la idea de la muerte. La muerte es el movimiento. Te aconsejo que legalices el derecho al movimiento.

Si te partes el cuello algún día, tú que detentas el poder, no dejes en las manos de ningún bienintencionado profesional tu voluntad. Si la tragedia te visita algún día y se queda para siempre a residir en tu alma, te aseguro que pensarás en desalojarla como sea. Si no se marcha ella, optarás por abandonarla tú. La vida siempre busca la liberación de todo parásito. La vida siempre cuenta con la muerte como aliada contra el mal. ¡Traspasar o no la frontera de tus propios temores dependerá de ti! Pero no te pongas un carcelero a ti mismo. No os pongáis carceleros a vosotros mismos ni a ningún ser humano. ¡No seas tan necio! No seas el rehén de ningún profeta trasnochado.

Te aconsejo que siempre dejes una puerta abierta para la libertad. Date a ti mismo oportunidad de comenzar de nuevo, cuando cometas el error irreparable de partirte el cuello. No te quedes solo, desamparado a merced de la voluntad y capricho de los reprogramadores profesionales. Tal vez en alguna circunstancia se te ocurra comenzar más allá de la vida. Pero si no eres dueño de ti mismo, te negarán el derecho a marcharte, o te negarán la ayuda, que es lo mismo. Te dirán, como a mí me dijeron: nosotros no estamos aquí para eso. Nos lo prohíbe nuestra ética profesional.

Te aconsejo que no dejes tu muerte en manos de ninguna ética profesional. A los profesionales, déjales sólo el poder de curar tus enfermedades, y cuando no tengan ciencia para hacerlo, no les des legalmente autoridad alguna sobre ti.

Para quitarte el dolor incurable no necesitas a un médico o a un sacerdote, por ejemplo; te basta con el amor y la ayuda de alguien querido. A los técnicos déjales solamente la responsabilidad de diagnosticar que el mal es irreparable. Someterte o no a su ética profesional para sobrevivir un poco más debe quedar a tu libre albedrío. Sólo tú debes saber si quieres cantidad o calidad de vida. Si deseas rehabilitarte o comenzar de nuevo, marchándote a otro estado y a otro tiempo, o a la nada, según tus creencias. A los curas déjales el derecho y la libertad de hablar de su dios y nada más.

¿Por qué te digo que a lo mejor en alguna circunstancia desearás tu liberación?

Porque entre dos circunstancias dramáticas, optaremos siempre por la que menos dolor y temor nos cause. Es decir, la más placentera.

Puedes desear tu liberación por varios motivos. Por un sentido ético o estético. No te olvides que eres un ser psicoamaestrado culturalmente para sentir pudor, respeto y autoestima por ti mismo, tanto física como psíquicamente. Si algún día sabes que desde ese instante y para siempre serás un cuerpo sin movimiento al que otros irán limpiando de todo residuo fisiológico, puede ser que cambien tus conceptos.

Aquellos profesionales que están empeñados en no fracasar con tu obligatoria rehabilitación, te dirán que eso es natural. A lo mejor tú entiendes que eso es cierto, pero antes te programaron para que sintieses asco y repugnancia por todo eso: la mierda, la orina, los mocos y las babas no entran en ningún génesis como concepto de la belleza. A todo eso se le llama feo y repugnante. Todo eso no entra en la explicación teológica y ética sobre el valor y el sentido del sufrimiento.

Te aconsejo que lo pienses bien antes de condenarte a ser un sufridor porque la ética y la moral de ciertos grupos ideológicos así te lo exijan. Ante todo sé honesto contigo mismo. Piensa que te puedes hallar en la circunstancia de sentirte un muerto consciente de que piensa y siente como un vivo. ¿Deseas eso para ti? Imagínate a ti mismo y a alguien dándote la vuelta para cambiarte de postura cada tres horas aproximadamente hasta el fin de tus días. Tu cuerpo será limpiado, lavado, hurgado y estimulado para que no se pudra. La ética del profesional correspondiente saldrá victoriosa, pero tú jamás podrás hacerlo por ti mismo.

¿Qué pensarás entonces de la apología de su ética? Deja tu absolutismo absurdo y piénsatelo. Tal vez tú te acostumbres a que tus pudores no te hagan sentir vergüenza y humillación cada vez que te sientas expuesto a la manipulación de los demás, pero a lo mejor no te acostumbras nunca.

Te aconsejo que pongas en tela de juicio toda ética y moral que asegura el valor de la vida como absoluto y que está por encima del interés personal. Eso es una aberración jurídica para justificar la tiranía o la esclavitud. ¿No crees acaso que una persona sensata es capaz de valorar su propia vida y qué sentido tiene ésta?

Porque si no lo crees así, lo consideras un irracional.

¿Necesita acaso algún ser viviente a un juez,

teólogo, jefe de Estado, médico o ministro para sobrevivir?

La organización social es necesaria y hasta justa, a veces, pero sustraerle a la persona la propiedad de su vida y de su muerte es valorarlo menos que a un animal. Si su voluntad ya no existe, si es propiedad del Estado, de la religión o de la ley, ¿cuál es su sentido o razón de ser? Lo absurdo es que alguien diga por ejemplo que se le acabó el deseo y la voluntad de vivir y tú argumentes que eso es el fracaso de la sociedad.

Cuando la voluntad y el deseo de una persona es dejar de ser tetrapléjico, canceroso incurable, esquizofrénico, carne de manicomio, demente senil, moribundo, etc., ¿sigue siendo una persona o ya es un objeto que sólo sirve para satisfacer los deseos o voluntad de otros?

Piensa, ministro y juez, que no hay violación más inmoral que la de apoderarse de la voluntad de un ser indefenso. Piensa que no hay mayor indefensión que la de no poder valerte por ti mismo y que no haya otro juez que haga cumplir tu voluntad, hasta la de morirte. Es decir, tener la libertad de renunciar a todos tus derechos personales. Ésa es la libertad que cualquier persona física y psíquicamente capacitada puede ejercer a voluntad. Desde que la vida existe, ninguna especie ha necesitado que nadie le explicase su sentido y valor. Todo ser viviente lleva esos conocimientos grabados en los átomos de su memoria genética desde que comenzó el movimiento del universo. Cada ser defiende su propia vida con la misma inteligencia, valentía, sabiduría y justicia que el más astuto de los moralistas. El deseo y la voluntad son la sabiduría de la materia viviente. Lo paradójico es que al ser más evolucionado de todos, racionalmente, se le pretenda negar el derecho a liberarse de toda opresión, incluyendo a la misma vida.

Piensa que puedes llegar a desear la muerte porque el espectáculo de la vida te aburra. Tu deseo será volver atrás, al paraíso perdido, pero sabes que sólo se puede ir en una misma dirección: siempre hacia la muerte, a comenzar de nuevo.

Todo deseo y voluntad que tenga como propósito evitar lo absurdo está permitido por una ley universal. Cuando no puedas cumplir tu deseo y la voluntad de volver atrás, te queda la posibilidad de llegar al final. La muerte es el principio de otro espacio, de otro tiempo para nuestra materia. Quien te diga que no es posible la muerte voluntaria, o es un necio o un pícaro.

Si se utiliza científicamente el deseo y la voluntad para prolongar el tiempo de estancia como espectadores y actores en la comedia de la vida, también se puede utilizar ese mismo deseo y voluntad para modificarla poniéndole un término, si esa prolongación no nos interesa. Cuando la ciencia modifica el tiempo de vida, se supone tiene como finalidad prolongar el placer, pero no el dolor y el sufrimiento. Prolongar el sufrimiento cuando no es el deseo y la voluntad personal es una forma de totalitarismo que te imponen los profesionales por un falso concepto de su ética particular. Es la aberración de la medicina y la degeneración de la conciencia y del principio humano de sanación. El deber moral de un profesional de la medicina es el de prestar ayuda a quien se la pida, no es su cometido decirle y menos imponerle la forma de morir.

No dejes que te manipulen psicológicamente el sentido del temor con el fin de reprogramarte. Si tú no quieres ser rehabilitado, procura que la ley no deje tu conciencia en manos de los rehabilitadores.

Cuando acudas al sanatorio, te dirán que tú estás allí voluntariamente. Cierto, pero también es cierto que no tienes más opción. Y si se te ocurre rebelarte, te calificarán de trastornado y te aplicarán el consiguiente tratamiento.

Querido ministro, legisla para la libertad del hombre y para el bien de la vida. Piensa que, al ser humano, la astucia, el engaño, o cualquier otra forma de adquirir ventaja con la que pueda dominar al otro le resulta más atractivo que una justicia ética y universal. Siempre hay alguien que nos ofrece su protección a condición de que le entreguemos nuestra voluntad. Lo absurdo comienza cuando uno no quiere protección y es obligado a ser protegido.

Toda dependencia puede ser beneficiosa entre dos personas siempre que exista consentimiento. El respeto mutuo tiene que ser el fundamento de toda ética y toda moral.

En este momento estoy pensando en ti, querido juez, que tuviste la oportunidad de hacerme justicia protegiendo mi derecho a la libertad, y no lo hiciste por miedo. Ya sé que te escudaste detrás de los códigos, pero antes de nada era tu deber hacer justicia. Creo que pesó más el temor a ser castigado que la duda razonable de que no tuviese razón y derecho.

La vida no crea hombres esclavos. El deber moral del ministro de Justicia es evitar que lo hagan los hombres.

Evolucionar significa que cada hipótesis debe ser renovada en la conciencia de cada generación, pero antes en la conciencia del individuo, día tras día, instante tras instante. El deber del ministro de Justicia es facilitar la evolución.

Dejen al ser humano libre y llegará a encontrar por sí mismo la verdad. Esclavícenlo y se convertirá en un malvado.

Yo te cuento la parte que los propagandistas de vivir el sufrimiento quieren hacer olvidar. Yo te cuento el infierno. El cielo lo cuentan los apologistas de la vida en sus editoriales, y con la resignada consideración de los rehabilitados. Es muy loable su labor, pero lo cierto es que existe el infierno de los desahuciados. Un infierno que se quiere ocultar y ahogar su evidencia.

El sentido y valor de la vida sólo lo podrá desvelar el conocimiento. Mientras tanto, garantiza la libertad y el derecho para que cada ser humano pueda comenzar siempre desde cero. Hay una sola ley: no romper el equilibrio mientras no conozcamos el secreto, el código, el enigma del movimiento universal. Es decir, el respeto.

No tejas tu propia trampa, ministro. No crees tu propio infierno, tu propia esclavitud. Si un día cualquiera te das cuenta de que tu amada vida te ha cortado las manos y las piernas, por ejemplo, las piernas para que no puedas seguirla, y los brazos para que jamás puedas tocarla, sabrás que eso es el dolor eterno. Sin embargo, una autoridad rehabilitadora te dirá que se puede vivir sin ellas. Tu mujer, o tu hijo, tu madre, tu padre, tu hermano o tu amigo te darán un beso. Tú harás el titánico esfuerzo de intentar abrazarlos pero sentirás la más terrible y torturadora de las impotencias al no poder hacerlo. Pero un reprogramador profesional te dirá que es posible acostumbrarse a vivir sin eso. De vez en cuando tu cuerpo se cubrirá de inmundicia, como si un invisible y sádico torturador quisiera exponerte en pública humillación a un atroz tormento por algún alevoso crimen cometido. Entonces seguro que querrás ser tu propio dueño. Si te gusta vivir con tan poco, acude a los técnicos, ellos te rehabilitarán. Si no quieres vivir con tan poco placer, no te quedes esperando la oportunidad de que alguien te preste caridad y ayuda. Tú que puedes, date a ti mismo tu propio derecho. Si no lo haces así, cuando te desesperes siempre te repetirá un rehabilitador que se puede sobrevivir a pesar de tanta degradación. Te dirán que son funciones naturales del cuerpo humano. ¡Sólo hay que acostumbrarse a todo eso!

Si te partes el cuello algún día, yo te cuento por si te interesa, ministro, cómo es el infierno. Como a mí, te dirán que lo cuentes, pero querrán que destaques lo bueno. Querrán que colabores con ellos, y les sirvas de ejemplo viviente de que al ser humano le es posible soportar cualquier tipo de tortura y humillación siempre que alguien sepa convencerlo. Te harán ver que tú eres un ser único y admirable porque has conseguido, con la sabia colaboración y generosa ayuda de los salvadores de vidas, sobrevivir con tu espíritu de luchador ejemplar. Tú serás la prueba, la confirmación empírica de sus conceptos. Ellos te harán sentir que todo el mérito es tuyo. Al final el triunfo represor de tu propia ley será total. Tú, por no reconocer tus propios errores, dirás que estás contento.

¿Se puede sobrevivir en el infierno?

Está claro que se puede. No hace falta más que mirar a nuestro alrededor. Sin embargo, el cielo siempre está en nuestra conciencia.

Cuando te hablo del infierno y del cielo, no es que yo crea en el infierno y en el cielo. Yo me refiero al infierno que tú has creado con tus propias leyes, o consientes que se mantenga.

Hazte un bien a ti mismo y no consientas que

exista una ley que conceda a otro el derecho de protegerte en contra de tu voluntad. Si así lo haces, te habrás ganado el aplauso de la vida. Habrás defendido la libertad y la dignidad del hombre. Pero si consientes que el dolor y la crueldad perduren, no representarás más que la figura de apóstol del diablo que recrea con su poder víctimas para el infierno.

EL REGRESO

Regresar a lo oscuro o a la nada
por curiosa intuición del raciocinio:
la instantánea conexión de una mirada
con la explosión vital de un suicidio.

Como un átomo cambiando de lugar
por el frío polar de una neurona
que borró el camino para regresar
al tortuoso caos que a su alma asola.

El deseo instintivo de perderse
por una suprema interrogación,
el creativo impulso de saber
qué existe al otro lado del telón.

Regresar al perdido paraíso,
liberado de la carga que aprisiona
al viajero sueño que la vida hizo
como el único dios de la persona.

Regresar a la inquietante incertidumbre
por la senda del certero proyectil
con el tierno sedante que me alumbre
en ignoto camino, como un candil.

Reventar el sufrimiento de vivir
como un mago recreando el universo,

que restaña con un mágico elixir
el desorden infernal de un descontento.

Regresando a lo oscuro o a la nada
por la curiosa intuición del raciocinio
es de dios, un mandato a una alborada
de restañar los jirones del destino.

Hoy han pasado veintisiete años.

Hoy, veintisiete años después, el infierno sigue siendo mi morada. Tengo a mi alrededor seres que me aman. Ellos me cuidan con paciencia, respeto y cariño, pero yo no puedo tocarles, ni darles las gracias con una caricia de mi mano. Sigo en el infierno porque oigo la lluvia, pero sé que no puede acariciar mi cuerpo, como lo hacía antes. Sigo en el infierno porque no puedo expresar el amor a la mujer como lo desea mi cerebro. Ella dice que con mi boca le basta. Que le basta mi forma de ser para sentirse satisfecha y plena. Sin embargo intuyo que añora mi sexo, la forma que tenía, mi manera de interpretarlo y vivirlo con otras mujeres, que ella dice siempre imaginar. Ella me asegura que mi ternura le basta para sentirse mujer. Pero para mí, no. Sentimos como mujeres y hombres a través de nuestros cuerpos. No es capaz de entender lo que significa no sentir nada sexualmente. Sí, se lo imagina, pero no conoce lo que nada significa con respecto a la sensibilidad corporal.

He visto y he sentido las llamas del infierno cuando a Rosita, la más pequeña de mis queridas sobrinas —entonces tenía tres meses—, la dejaron sola conmigo. Manuela, mi cuñada, la persona que me hace más llevadera esta vida que no acepto vivir, me dijo que si la niña lloraba lo único que debía hacer era hablarle un poco. La niña rompió a llorar y yo le hablaba, le hablaba y cuantas más cosas le decía ella lloraba más. Luego empezó a toser; yo noté cómo se atragantaba, y ante la imposibilidad de calmarla con mis palabras, creí más prudente callarme. Me aterrorizaba la posibilidad de que se asfixiara, y yo tumbado en mi cama sin poder hacer nada. Siempre recordaré aquel día como la culminación de la impotencia. Igual que aquella tarde que mi madre —murió de pena por lo que a mí me había ocurrido, pero los médicos le diagnosticaron un cáncer— se cayó en medio del pasillo. Estábamos solos, también. Ella se había desmayado y yo, a dos pasos de ella, no podía ayudarla. Pensé en su muerte y se me repitió la imagen de mi cabeza, unida al lastre de un cuerpo muerto, lo único que funcionaba.

Entonces tuve, otra vez, la visión rápida del pasado. Rememoré la risa de mi madre, su ternura, la voz clara y profunda que hablaba conmigo, de pequeño, y los ojos, sus ojos, que me preguntaban miles de cosas que su voz no se decidía a formular, cuando yo volvía de viaje. Y recordé aquel movimiento tan triste de sus labios cuando me dijo, junto a mi padre: «Nosotros te preferimos así. No queremos verte muerto.» Y yo sé, porque me lo contaron después de que se hubiera marchado, que tras la sonrisa que esbozaba en mi habitación, ella se pasaba el día llorando por todos los rincones de la casa. «Quizá esta tarde también ha llorado» —recuerdo haber pensado aquel día, mientras yacía inerme en el suelo—. Y eso no pude saberlo nunca. Cuando recuperó el conocimiento no se lo pregunté, y ella, como siempre, selló sus labios con el silencio. A los pocos días se marchó del infierno que había soportado durante doce años.

Evoco tantas cosas de estos veintisiete años. Evoco tantas situaciones desde la inmovilidad, que una y mil veces preguntaré, gritaré, si es necesario: ¿por qué me habéis negado la libertad de morir a tiempo? ¿Por qué me habéis condenado a esa muerte en vida que es mirar el cielo, desde la cama, mirar el mar, desde la cama, ver a los seres humanos, desde la cama, y sentir que se te ha acabado la posibilidad de demostrar el amor? Yo, que había amado tanto a las mujeres, tuve que renunciar a él hace veintisiete años. Intuía que era la forma de sufrir menos —y aún lo sigo creyendo—; veintiséis años después he vuelto a probar la dulzura de unos labios. Ya casi se me había olvidado esa ternura. Retornó con ellos el amor de la mano de una mujer a la que adoro, pero también regresó el infierno, porque también retorna el deseo de sentir mi cuerpo abrazando al suyo pero la impotencia ni siquiera me permite acariciarlo con la mano. Cuando hablamos de mi necesidad de morir, noto que se entristece, pero ella sabe que no puede llevarme la contraria, ella entiende mi sufrimiento, y me dice «jamás discutiremos porque tú reclames la eutanasia». Yo sé que le gustaría que un día le dijera: «Desde que nos amamos ya no me quiero morir.» Pero no lo espera, tiene grabada en la mente una frase mía en la que le decía que sólo una persona egoísta podría pedirme que diera marcha atrás. En lugar de eso me escucha con una sonrisa irónica cuando le digo: «Después de muerto vendré a tu cama y tocaré todo tu cuerpo y podremos poseernos el uno al otro.»

Una vez me dijo: «Nunca he oído contar a nadie que un muerto haya vuelto para hacer el amor.» Yo me río, pero pienso muy serio, muy serio, desde el fondo de la materia pura, que a un tetrapléjico le sucede lo mismo, jamás ninguno ha vuelto a sentir su cuerpo entrelazado al de una mujer excepto en sueños. Ella se ríe, pero me adivina el pensamiento y responde muy seria, muy seria, con la coherencia y convicción del ser respetuoso, que lo que pido es justo, y que ya no puedo pasarme más tiempo en esta no vida, que me han obligado a resistir año tras año, durante veintisiete.

Veintisiete años después hago balance del camino recorrido y no me salen las cuentas de la felicidad. No fui por la senda que hubiera querido ir. El tiempo ha discurrido contra mi voluntad. Yo fui un tormento para los seres queridos y fui, al mismo tiempo, atormentado por su dolor. Hoy sigo en la misma circunstancia que veintisiete años atrás. Manuel, el hombre que había levantado mi cabeza del agua para preguntarme qué me pasaba, había modificado con su gesto la mecánica universal del destino, que se estaba proyectando en aquel instante para la liberación material de mi cuerpo. Yo quiero salirme del infierno, pues me pregunto: ¿Qué sentido tiene el dolor absurdo en contra de la voluntad del ser humano?

RAMÓN SAMPEDRO CAMEÁN

Sieira 1-11-1995.

CARTA DE DESPEDIDA
DE RAMÓN SAMPEDRO

Ésta es la carta inédita que Ramón Sampedro escribió a su familia poco antes de morir.

Reproducimos el original en gallego y su traducción al castellano.

Por primera vez la familia de Ramón Sampedro ha facilitado este conmovedor documento para su publicación. (*N. del ed.*)

V. C.

1

Querida familia:

Cando leades esta carta, espero que
esté durmindo para sempre.

Tamén espero que entendades que
eso era o que eu quería fai moitos
anos, e que fagades o posible par
que pareza que foi unha morte
natural.

A persoa que me fixo o
favor que lle pedín, de botarme
o contido das pildoras para dormir
no bote do sal de froitas, foi
un dos rapaces que andaban por
aquí, pero que non tiña consecen-
cia do que estaba facendo.

Si recordades, había un bote, con
un pouco de sal de froitas casique
vacío. Alí mandeille vaciar o polvo
das pildoras e deixeino unha temporada ca disculpa do que me facía
falta, para que non se pudera saber quen foi. Despois, tamalos

→ 2A

FOI COUSA FACIL; A ULTIMA QUE
SE QUEDOU CON MIGO, A VIRARME
OU A MIRA-LA TELE, ANTES DE
IRSE DEITAR, PEDIRCILLE UN VASO
DE IGUA UN PAUCO SAL DE FRUTAS,
E DARAME, SIN SABELO, O CONTIDO
DAS PILDORAS PARA DORMIR.

POR ESO VOS DIGO QUE NON
FAGADES PREGUNTAS A NINGUÉN.
CHAMADE O MEN MEDICO, CARLOS
PEÓN, SI EL CERTIFICA QUE FOI
MORTE NATURAL, ROMPEDES ESPA CAR-
TA E NADA MAIS, PERO, SI POR
CALQUER MOTIVO QUE FOSE QUIXESEN
FACERME UNHA AUTOSIA, ENTONCES
ENSINADELLE ESPA CARTA. I PENSO
QUE SERÁ O BASTANTE HONRADO COMO
PARA NON METERVOS NUN XUICIO ABSURDO!

REPITA QUE O MILLOR QUE PODE-
DES FACER É NON DECIR A NINGUÉN
A VERDADE DE QUE TOMEI UNHA

⟶ 3

SOBREDOSIS DE SOMNÍFEROS, PORQUE
O PRIMEIRO QUE A XENTE SE VAI
PREGUNTAR É... ¿QUEN MAS DOU?
E POR MOITA VERDADE QUE DIGADES,
AINDA QUE NON AXA NINGUNHA DENUN-
CIA, AS MALAS LENGUAS, ESAS XEN-
TES MEZQUIÑAS A QUEN SOLO LLES
INTERESAN OS CHISMES E CALUMNIAR,
VAN A DICIR QUE FOSTES VOS OS
QUE ME DESTES AS PÍLDORAS, OU OU-
TRAS CALUMNIAS PEORES.

EU HUBERA QUERIDO QUE O FIN
DA MIÑA ESTANCIA CON VÓS FOSE
DE OUTRA MANEIRA. HUBERA PREFE-
RIDO CONTAR CA VOSA COLABORACIÓN,
DESPEDIRME DE TODOS, COMA QUEN SE
VAI DE VIAXE POR UN LONGO TEMPO,
OU QUE SE MARCHA PARA NAVEGAR, OU
A EMIGRACIÓN. ¡-QUE ESA É A MORTE,
UN SONO, OU UN VIAXE MOI LONGO-!.
PERO NUNCA ME FIEI. SEMPRE TUVEN

                              → 4 A

MEDO DE QUE, SI LLE PEDÍA A ALGUÉN
QUE ME FIXESE O QUE ME FIXO A
INOCENCIA DUN RAPAZ, ACABASE — COMA
ACABAN TODOLAS SECRETAS — SENDO
COÑECIDA POR TODO MUNDO, OU SEXA,
UN SECRETO PÚBLICO.

ESPERO QUE, CANDO ME RECORDEDES
NALGUNHA CONVERSACIÓN DE FAMILIA
E VOS PREGUNTEDES OS MOTIVOS, OU
O POR QUÉ, NUNCA SE VOS OCURRA
DUDAR DE QUE — O MILOR — FOI PORQUE
NON ME SENTÍN BEN TRATADO. ¡NON É ESO!

NON SE LLE PODE DAR MAIS APOIO,
MAIS RESPETO, AMOR, CARIÑO E
HUMAN CALOR SOLIDARIO A NINGUÉN. DECIR,
NON SE PODE FACER MAIS NADA DO
QUE TODOS VOS FIXESTES POR MIN.
PERO O QUE NON LLE PODEMOS DAR A
NINGUEN, POR MOITO QUE LLE QUEIRAMOS,
É A ESPERANZA. ESO SOIO NACE NO
FONDO DE NÓS MESMOS. EU PERDÍN

5

A MIÑA O DIA QUE ME DIXERON QUE
NON HABÍA NADA MAIS QUE FACER POR
CURARME.

A VIDA TEN QUE TER UN SENTIDO,
E TEN SENTIDO MENTRAS ESPERAMOS
ALGO. ¿ÁSEQUE NUNCA - OU NUNCA - SA-
BEMOS O QUE? PERO MENTRAS DIS-
PONEMOS DUN CORPO SENSIBLE E
VIVO QUE NOS POSIBILITA DISFRU-
TAR DO SENTIDO DA LIBERDADE
QUE NOS DÁ O SEU MOVEMENTO,
SEMPRE TEREMOS ESA SENSACIÓN
DE PODER IR DUN A OUTRO HORI-
ZONTE EN BUSCA DE ESE ALGO IN-
DEFINIDO E MARAVILLOSO QUE NOS
VAI LIBRAR DA RUTINA E DO MONO-
TONO CANSANCIO DE LOITAR POR
UN VIVIR NORMALMENTE.

VIVIR É COMO XOGAR A UNHA
LOTERÍA. SI O PENSAMOS BEN, SA-
BEMOS QUE AS POSIBILIDADES DE QUE
NOS TOQUE SON DE UNHA ENTRE UN
A FELICIDADE QUE NÓS QUEREMOS,

6 A

MILLÓN, DEZ, OU VINTE, PERO SE-
GUIMOS XOGANDO. PORQUE HAI UNHA
POSIBILIDADE. ¡ QUEDA LUGAR PARA
A ESPERANZA ! . PERO SI NOS
QUEDAMOS SIN A CORPA, É COMO SI
NOS QUEDASEMOS CA ÚNICA ESPE-
RANZA DE QUE NOS POIDA TOCAR
UNHA MISERABLE PEDREA, PERO NUNCA
UN PREMIO IMPORTANTE. PODE HA-
BER QUEN QUEIRA XOGAR A ESO, PERO
EU NON. EU QUERO XOGAR A ESA
LOTERÍA PROHIBIDA, A DA MORTE, + TAL
VEZ MÁIS ALÁ DA VIDA AXA OUTRA
LOTERÍA, QUE SI XOGAMOS A ELA, O
MILLOR PODE TOCARNOS UN PRE-
MIO DOS IMPORTANTES. ¡ HAI UNHA
ESPERANZA NA INCERTIDUMBRE.

CANDO EMPECEI OS TRAMITES PARA
RECLAMAR POLA VIA XUDICIAL O DEREITO
A UNHA MORTE VOLUNTARIA, TODOS SIMPLIFI-
CABADES O ASUNTO COA FRASE: ¡ DÍXME

ZA

que MORRER !

NINGUÉN que MORRER, PERA
SI NOS ENCONTRAMOS NUN CRUCE DE
CAMIÑOS E YA CONOCEMOS O HORRIBLE
que É UN D'ELES, O MÁIS LÓXICO
SERÁ SEGUIR POLO OUTRO; PORQUE
AINDA que NON A SABEMOS, TEMOS
AINDA que NON A SABEMOS, TEMOS
A ESPERANZA DE que PODA SER MELLOR.

ESO FOI O que EU DECIDÍN; O CA-
MIÑO que ME ESPERABA SERA – COMO
FOI FASTA AQUI – HORRIBLE. ENTONCES
DECIDÍN IRME PO LO OUTRO.

LEVO UN FERMOSO RECORDO DE
VÓS. E ESPERO que GARDEDES O
MESMO DE MIN.

SI ME QUEREDES – E EU SEI
que SI – DEBEDES ALEGRARBOS, EN VEZ
DE PONERVOS TRISTES, POIS, O FIN,
ACABOUSE A MIÑA PESADICLA DESPOIS
DE TANTOS ANOS. É MÁIS que DEITAR-
SE A DORMIR PARA UN SONO MOI LONGO.

→ 81

que sexades felices cada un no
resto do seu camiño que lle
queda por diante. Si tendes paciencia, serenidade e o ánimo alegre, estou seguro que así será.

A vida vale a pena vivila mentres
nos podemos valer por nós mesmos;
cando non poida ser así, e mellor
terminala, pois, continuar non ten
sentido. O que pasa é que debía
ser un acto de libertade persoal,
e que nos fose máis fácil encontrar a axuda cando a necesitamos.
¡Eso tamén sería unha forma de
amor!

Perdón por marcharme sin despedirme.

Ás veces, demostraríamos máis amor
por unha persoa si lle ofrecéramos axuda para morrer que para vivir.

Quíxenvos a mellor que soupen e puiden.
Todos me quixestes do mesmo modo

Sería bono   Pagarvos coa máis
e vos reste FIN   grande mostra de
tando amiña   gratitude: morréndome
voluntade

Querida familia:

Cuando leáis esta carta, espero estar durmiendo para siempre.

También espero que entendáis que eso era lo que yo quería desde hacía muchos años, y que hagáis lo posible para que parezca que fue una muerte natural.

La persona a la que le pedí el favor de echar el contenido de las píldoras para dormir en el bote de sal de frutas fue uno de los niños que andaba por aquí, pero no era consciente de lo que estaba haciendo.

Si recordáis, había un bote con un poco de sal de frutas casi vacío. Allí mandé vaciar el polvo de las píldoras y lo dejé un tiempo con la excusa de que me hacía falta, para que no se pudiera saber quién fue. Después, tomarlas fue cosa fácil: al último que se quedó conmigo para darme la vuelta o para mirar la tele, antes de irse a acostar, le pedí un vaso de agua con un poco de sal de frutas, y me dio, sin saberlo, el contenido de las píldoras para dormir.

Por eso os digo que no hagáis preguntas a nadie. Llamad a mi médico, Carlos Peón. Si él certifica que fue muerte natural, romped esta carta y nada más, pero si por cualquier motivo que fuera me quisieran hacer una autopsia, entonces les enseñáis esta carta. ¡Creo que será lo suficientemente honrado como para no meteros en un juicio absurdo!

Repito que lo mejor que podéis hacer es no decir a nadie la verdad de que me tomé una sobredosis de somníferos, porque lo primero que la gente se preguntará es... ¿quién me los dio?

Y por mucho que digáis la verdad, y aunque no haya ninguna denuncia, las malas lenguas, esa gente mezquina a la que sólo le interesa los chismes y calumniar, van a decir que fuisteis vosotros los que me disteis las píldoras, u otras calumnias peores.

Yo hubiera querido que el fin de mi estancia con vosotros hubiese sido de otra manera. Hubiera preferido contar con vuestra colaboración. Despedidme de todos, como quien se va de viaje una larga temporada, o como quien se marcha para navegar, o emigra —¡ya que eso es la muerte, un sueño, o un viaje muy largo!

Pero nunca me fié. Siempre tuve miedo de que si le pedía a alguien que me hiciera lo que me hizo la inocencia de un niño, acabase —como acaban todos los secretos— siendo conocido por todo el mundo, o sea, un secreto público.

Espero que cuando me recordéis en alguna conversación de familia y os preguntéis los motivos, o el porqué, nunca se os ocurra dudar de que —a lo mejor— fue porque no me sentí bien tratado. ¡No es eso!

No se le puede dar más apoyo, más respeto, amor, cariño y calor humano solidario a nadie. Es decir, no se puede hacer nada más de lo que todos vosotros hicisteis por mí.

Pero lo que no le podemos dar a nadie, por mucho que queramos, es la esperanza. Ésa sólo nace en el fondo de nosotros mismos. Yo perdí la mía el día en que me dijeron que no había nada más que hacer para curarme.

La vida tiene que tener un sentido. Y tiene sentido mientras esperamos algo. Casi nunca —o nunca— sabemos el qué, pero mientras disponemos de un cuerpo sensible y vivo que nos posibilita disfrutar del sentido de la libertad que nos da su movimiento, siempre tendremos esa sensación de poder ir de un horizonte a otro, en busca de ese algo indefinido y maravilloso que nos librará de la rutina y del monótono cansancio de luchar para vivir de una manera normal.

Vivir es como jugar a la lotería. Si lo pensamos bien, sabemos que las posibilidades de que nos toque la felicidad que queremos son de una entre un millón, diez o veinte, pero seguimos jugando porque hay una posibilidad. ¡Queda lugar para la esperanza! Pero si nos quedamos sin el cuerpo, es como si nos quedásemos con la pírrica esperanza de que nos pueda tocar una miserable pedrea, pero nunca un premio importante. Puede haber quien quiera jugar a eso, pero yo no. Yo quiero jugar a esa lotería prohibida, a la de la muerte. Tal vez más allá de la vida haya otra lotería, y si jugamos a ella —a lo mejor— puede tocarnos un premio de los importantes. ¡Hay una esperanza en la incertidumbre!

Cuando empecé los trámites para reclamar por la vía judicial el derecho a una muerte voluntaria, todos simplificabais el asunto con la frase: ¡Según parece quiere morir!

Nadie quiere morir, pero si nos encontramos en un cruce de caminos y ya conocemos lo horrible que es uno de ellos, lo más lógico será seguir por el otro, porque aunque no lo sabemos, tenemos la esperanza de que pueda ser mejor.

Eso fue lo que yo decidí: el camino que me esperaba era —como fue hasta aquí— horrible. Entonces decidí irme por el otro.

Me llevo un hermoso recuerdo de vosotros, y espero que conservéis lo mismo de mí.

Si me queréis —y yo sé que sí— debéis alegraros en vez de poneros tristes, pues por fin se acabó mi pesadilla después de tantos años.

Morir no es más que acostarse para dormir un sueño muy largo. Que seáis felices cada uno en el resto de vuestro camino que os queda por delante. Si tenéis paciencia, serenidad y el ánimo alegre, estoy seguro de que así será.

La vida vale la pena vivirla mientras nos podemos valer por nosotros mismos; cuando no pueda ser así, es mejor terminarla, pues continuar no tiene sentido. Lo que pasa es que debería ser un acto de libertad personal, y que nos fuese más fácil encontrar ayuda cuando la necesitamos. ¡Eso también sería una forma de amor!

Perdón por marcharme sin despedirme.

A veces demostraríamos más amor por una persona si le ofreciéramos ayuda para morir antes que para vivir.

Os quise lo mejor que supe y pude. Todos me quisisteis del mismo modo. Sólo puedo pagaros con la mayor muestra de gratitud: muriéndome. Y vosotros respetando mi voluntad.

Fin